ヤモリの慟哭（どうこく）

武器をとるミャンマーの若者たち

緒方樹人
OGATA JUJIN

幻冬舎MC

ヤモリの慟哭（どうこく）～武器をとるミャンマーの若者たち～

目次

この作品は、事実を基にしたフィクションです。

第1章　最後のフロンティア

◆昭佐(しょうすけ)編——昭和の旅路

昭和十二年、神奈川県湯河原(ゆがわら)町の梅林が彩り始めたころ、國分昭佐(こくぶしょうすけ)は娘を授かった。娘には寒中にも開花を願って梅乃(うめの)と名付けた。昭佐の故郷は福島県の棚倉(たなくら)町だった。戊辰戦争では白河の関で一族は激しく闘ったがその後は長い冬の時代だった。やがて一族は神奈川県の真鶴(まなづる)町へ移転した。

その年の七月、北京郊外の日本軍に数発の銃弾が撃ち込まれたとして、中国と日本は全面戦争へと突入した。盧溝橋(ろこうきょう)事件である。翌十三年暮れには、英国船スクンホール号がビルマのラングーン港に入港し、インド人苦力(クーリー)を総動員して六千トンに及ぶ武器、弾薬が極秘に陸揚げされた。ラングーン郊外のミンガラドン飛行場には、ビルマの援蒋(えんしょう)ルート防衛を目的に一万余の米国軍兵士が派遣された。すでに英米と日本の戦争はビルマで始まっていたのである。

梅乃が三歳となった頃、南方の親戚から昭佐に事業を手伝いに来るようにと電報が届いた。昭佐は、母・雪乃(ゆきの)から手渡された短刀一振を持ち、横浜からタイへ向かう船に乗った。会津武士の魂の宿る刀が守ってくれると信じたのである。

昭和十五年七月、政府は「世界情勢の推移に伴う時局処理要綱」を決定して南進論を選択。同年九月、日本軍は北部仏印に進駐し日独伊三国同盟が成立した。十月、米国の屑鉄対日輸出禁止が決定された頃、昭佐はタイに渡った。

昭佐（しょうすけ）は、伯父の指示のとおりバンコクの明神（みょうじん）新聞泰国支社を訪ねた。ようやく辿り着いた建物に入り、待合室のドアが開くと、隙（すき）のない所作の男が入室してきて「社の者だ」と挨拶した。

「遠路ご苦労様です。早速ですが、伯父上殿へこれを届けていただきます」

隣接の倉庫には大型の木箱が大量に積まれていた。

「石鹼です。國分さんには、これをビルマ国境のメソトまで運んでいただきます」

礼儀正しいもの言いだったが、有無を言わせぬ口調でもあった。

「石鹼、でありますか？」

新聞社がなぜ石鹼なのかと思ったが、木箱には〝輝竹石鹼　國分商店〟と刻印されていた。

「明日出発していただきます。明朝七時に宿にお迎えに上がります」

それだけ言うと、男は退出してしまった。

あくる日、昭佐はバンコクから北に四百七十五キロの距離にあるビルマ国境の街メソトへ移動した。そこには狭い川岸に桟橋があり、川岸には倉庫が建てられていた。倉庫の入口には「國分商店」と墨で書かれた木片の札が掲げられていた。なかに入ってみると床は青竹を割って並べた造りで地面が透けて見えた。すると奥の方から野太い声が聞こえた。それが伯父の國分昭一郎（こくぶしょういちろう）だった。

「昭佐、ご苦労。真鶴では皆息災か」

「はい。お陰様で元気にしております」

昭一郎伯父は、整えられた長髪に、上下白の夏背広姿だった。

「よろしい。ここは君に任せる。しっかり頼む」

「承知しました」

中は薄い壁で仕切りがなされ、隣の間では、褐色に日焼けした現地人らしき数名がいた。精悍な若者達で、遠目でも彼らの眼光が鋭いことが見て取れた。

翌日から仕事は始まった。川岸の崖には廃墟のような小屋もあった。なかには錆びた鉄製の観音扉が隠されている。ここが本当の倉庫だった。昭佐がバンコクから運んだ荷とは別に着任翌週から届く様になった新たな荷は、こちらの鉄の扉の中に収納されていった。新たな荷が届いた日、昭一郎がやって来た。

「これは三八式歩兵銃とその弾薬だ。サンパチ銃という。明治三十八年の採用で陸軍歩兵部隊に配備された。口径六・五ミリ、銃身全長百二十八センチ、重量三・九五キロ。装弾数五発。兵士は六セット分の三十発を二つの革製の弾薬箱に入れて六十発を左右の腰に下げ、背嚢(はいのう)にさらに六十発を背負う。それが一会戦分だ。こっちは、口径五十ミリ、全長六十一センチ、四・七キロ、八九式重榴弾筒と弾丸だ。榴弾は手榴弾の三倍の威力だ。八九式はジャングルで使い易いのだ」

第１章　最後のフロンティア

それらが梱包されている木箱にも「輝竹石鹸」と刻印されていた。

「要するに、この石鹸の木箱は、陛下からお預かりした品物だ」

止むことの無い豪雨の中でも、伯父のその言葉だけははっきりと聞き取れた。

昭一郎はかつて海軍の大尉だった。今は商社で民間人だが海軍の軍属である。

数日後、雨上がりの朝、昭佐は昭一郎に呼び出された。

「明日、荷をビルマに運ぶ。同行するように」

「承知しました」

「昭佐、戦争で一番大事な武器は何だと思う？」

「覚悟でしょうか」

「それも大事だが、先ずはそろばんだよ」

「そろばんですか？」

「あの銃や弾でどれだけの兵が何会戦やれるのか。その部隊が何日食えるかということだ」

昭佐は伯父の言葉に納得した。

翌朝、昭佐はトラックに乗り込んだ。車は山道を登り、最後は曲がりくねった川を突っ切って密林の中に入ったかと思うと、それがタイとビルマの国境だった。国境沿いに進んだ車は、気が付いたらビルマ側に入っていたのである。突如として目の前に小さな部落が現れた。昭佐は、国境を越えたとわかったとき、自分が引き返せない道を歩き始めたのではないかと思った。

◆昭祐（しょうゆう）編——最後のフロンティア

二〇一六年、米国でトランプ政権が発足した。選挙後、新大統領の号令一下、米国は世界の警察官を辞めてしまう。その後は鬼の居ぬ間に世界中で地域紛争が多発し、アジアの片隅でも終わらない内戦に喘ぐ国があった。その国の名は「ミャンマー連邦共和国」。中国とインドの二大国に挟まれた位置で独自のビルマ式社会主義を標榜し、国際社会との接触を避けてきた国である。

雨季の明けたミャンマーの十一月は、この国でもっとも過ごしやすい季節の始まりといえた。國分昭祐（こくぶしょうゆう）が一年ぶりに訪れたヤンゴンは至る所が建設中だった。

僕はこの街の風景が、先進国の大都市に見るようなどこか自慢気な雰囲気と違い、未完のままの牧歌的な雰囲気が漂っているところが好きだった。

ヤンゴン国際空港に着陸すると、景色まで白く見えるような強烈な日差しだった。イミグレーションを通過してスーツケースを取り上げると、空港で客待ちするタクシーの運転手が群がってくる。彼らのタクシーは、走れるのが不思議なくらいオンボロな車両もある。タクシーに乗るには、まず乗車前に値段交渉が必要だ。この往年のアジアらしいやりとりは、面倒であると同時に、またミャンマーに来たなという感覚を呼び起こしてくれる。

かつて「ビルマ」と呼ばれたミャンマーは、十九世紀に三度の戦争を経て英国の植民地となった。当時の英国人は緻密な都市計画で街を建設した。市の南側をヤンゴン川で囲まれたダウンタウン地区が京都のような碁盤目状となっているのはそのためで、二百年が過ぎた今でも堅牢な英国風の建物にミャンマーの庶民が暮らしている。

植民地時代のヤンゴンは「ラングーン」の名で知られ、東南アジア随一の繁栄を誇る国際都市だった。ところが一九八八年に軍事クーデターが起きると、翌八九年、軍事政権は唐突に国名をビルマからミャンマーに変更する。首都だったラングーンもヤンゴンと呼び名を変えられ、「ネピドー」という政治的首都も新たに作られた。未だに日本の年配の方には、ミャンマーというよりビルマと言ったほうが通じるのはそのためだ。

値段交渉が終わったタクシーはホテルに向かって出発した。運転席を見ると、強烈な日差しを遮るためかガラスの上のほうに濃い紫色のフィルムが貼ってあり、視界は狭くなっていた。バックミラーに小さな仏陀やジャスミンの花がぶら下がっていて、さらに視界を狭めている。助手席に乗り込んで街を眺めると、久しぶりの景色は、相変わらず昭和の地方都市のような雰囲気を残していた。車窓から流れる景色を見ながら僕はとりとめのないことを想い出していた。

唐突に曽祖母、國分雪乃（こくぶゆきの）の顔が思い浮かんだ。僕の少年時代に亡くなった曽祖母は仏教の行者みたいな人で、毎日、朝に夕に、家の法座に正座し熱心に読経をする先祖供養をしていた。

「昭祐、因縁というのはね、満州まで行ったって逃げられるもんじゃないんだ」

それが曽祖母の口癖だった。もうとうに満州なんて国はないのに。というか、ひいおばあちゃんの世界地図の一番端は中国東北部なのか。そんなことを子どもながらに思ったものだった。

やがてタクシーは幹線道路に入り、ヤンゴン市民の憩いの場であるインヤー湖の傍を走り抜けた。カップルや家族連れが湖畔の芝に寝転んでいる。車道からは土手が壁となって水面は見えないが、平和な空気感は伝わってくる。

そもそもなんで自分がこんなアジアの片隅に来ているのかといえば、一ヵ月ほど前、あのときもちょうど東京の荒川で似たような風景を見ていた時に、唐突に鳴った電話がきっかけだった。

かつてのNPO仲間、長谷川和代（はせがわかずよ）から連絡が入ったのは、この夏の終わりにミャンマーへの短期出張に行ってきた直後だった。

「國分先輩、この前、ヤンゴンのシャン料理のレストランから投稿したでしょ。こっちに来ているのにこの私に連絡がないなんて、どういうことですか！」

「あ、そうだったな。すまんの」

「そういう感じ、全然変わらないですね。実はこっちの情報誌でイベントプロデューサーを探していると相談されまして、先輩がミャンマーに来ているなら、もしかして手伝ってもらえるかなと思って」

「そうだったのか。今回は直ぐに帰国してしまったから今はもう日本だけど、ミャンマー好きだし、それいいかも」

久しぶりの後輩からの誘いが、日本でのしがらみを断ち切ってくれそうな気がした。そのとき、僕はすでにミャンマーに行くことを決めていたのかもしれない。

それから一ヵ月後、気が付くと僕はヤンゴンに降り立っていた。

タクシーの車窓の先に、黄金に輝く巨大な竹の子のような形が見えてきた。ミャンマーのシンボルともいえる「シュエダゴン・パヤー」だ。ビルマ語で仏塔を意味する「パヤー」は英語では「パゴダ（Pagoda）」という。ミャンマーのタクシー運転手にはこのパゴダの前を通るとき、運転中でもハンドルから手を放して合掌する人がいる。それもまたミャンマーに来たと思う瞬間だ。

ビルマ仏教寺院の中心にある純金のパゴダは二千六百年前が起源だというのだから、日本国そのものと同じくらいの歴史を持つ。この街でお世話になるなら最初に参拝すべき場所だった。僕は、タクシーの窓越しにパゴダに合掌し、「よろしくお願いします」と心のなかで唱えた。

タクシーが「アウンサン廟」の前を通り過ぎた。アウンサンスー・チー国家最高顧問の父親で、国民から国父と呼ばれ尊敬されている暗殺されたアウンサン将軍の墓所だ。別名「殉難者廟」とも呼ばれている。目的地のホテルはその近くだった。五分ほどでタクシーはヤンゴン・グローバルホテルに到着した。正面玄関横にはビルマ戦線の犠牲者の慰霊碑、その奥には出雲大社の分社も見える日系のホテルだ。

僕を雇い入れた地元情報誌は日本からの長期滞在者のために市内のホテルと契約をしていた。チェックインするなり僕は堀部オーナーにワインバーを案内され、気付いたら三時間もご馳走になっていた。ようやく部屋に入ると、迎えてくれたのは一匹のヤモリだった。彼は日本のヤモリと違い「キュッキュッ！」と鳴く。初めて聞いたヤモリの声には驚いたが、このヤモリの声とともに、僕のミャンマーの物語は始まった。この時点では自分がこの国に身を焦がすような想いを抱くことになるとは思ってもいなかった。

和代に相談された案件というのは、ヤンゴンの現地情報誌が主催する企画で、ミャンマーに進出した日系企業のＰＲイベントの制作だった。現場に行ったときには、すでに企画の骨格はできていたし、僕は日本でこの手の経験はあったので案件自体に不安はなかった。ただ、あらゆる前提条件が違う異国での作業は、日本での常識は通用しないし、何をするにも材料は揃わず、頼れる専門業者もいない。そんなことは当然なので、要は不自由さを楽しめるかどうかだと考えていた。

情報誌の事務所は、ダウンタウン地区の入口に位置する大きな交差点に面した一際存在感のあるビルにあった。

僕の担当する企画は、このビルの一階スペースを施工して特設会場を設置し、展示ブースに日本企業を迎える。その上で、雑誌、テレビ、ウェブを同時に仕掛けて織り交ぜるという戦略的な広報のクロスメディア企画だった。出展企業にはミャンマーで憧れの存在である日本の家電メーカーや食品メーカーが名を連ねていた。

実施した広報企画は日本ではやり尽くされた手法だったが、開始直後から注目を集め、記者発表では地元メディアからは誰がこんなことを仕掛けたのだといって裏方である我々が取材されたときは恥ずかしくなるくらいだった。そして、多くの関係者の努力は報われ、日本企業広報企画は成功した。

もちろん、成功ばかりではない。ヤンゴンの街では日本よりカラフルな色彩を感じることがある。これはミャンマー人が身にまとう民族服のせいだ。ロンジーというミャンマー伝統の衣服は、一枚の筒状に縫われた腰巻で、東南アジアや南アジア、中東の一部でも着られているが、ここでは農作業から役所のフォーマルでも着られる。多民族国家のミャンマーでは民族ごとに色やデザインに伝統的な特徴が受け継がれ、それが美しさの幅をさらに広げていた。ロンジーはミャンマーの日常生活のなかに今も生きる民族文化だった。

僕はミャンマー滞在中、ロンジーをよく着用した。最初は彼らの文化に溶け込みたいと思って始めたことだったが、南国の気候にとても適した服装で、いつしか毎日着るようになっていた。しかし、慣れというのは恐ろしいもので、運転免許をとってしばらくしたころに事故を起こすように、僕もヤンゴン生活一ヵ月くらいが過ぎたころに事故を起こしてしまった。

それはある日、事務所で両手に書類を抱えて、慌てて席を移動しようとしていたときの出来事だった。突然、オフィスの女性スタッフ全員から一斉に悲鳴が上がった。なんと席を立った瞬間、僕のロンジーが見事に足元に落ちてしまったのである。僕は反射的に英語で「安心してください！　穿いてますよ！」と叫んでみたが、ミャンマー人女性スタッフたちにはまったく響かなかった。僕はすぐにロンジーを着直し、問題ないことを必死にアピールして、なんとか事なきを得た。騒動の後、ミャンマー人の同僚に聞いてみたところ、

「外国人だから許してくれたのだと思います」と言われた。

失敗もあったが情報誌の仕事では多くの出会いがあった。僻地に単身乗り込んで医療活動と啓蒙活動を行う女医、麻薬の栽培で生きてきた少数民族に蕎麦の生産方法を伝えようと奮闘する団体など、さまざまな分野で魅力的な人物を知ることができた。出会いと学びのある仕事はとても楽しく、契約の四ヵ月間はあっという間に過ぎていった。

ミャンマー人スタッフたちは、新任の日本人プロデューサーが口だけの人間かどうかも見ていたと思う。結果、彼らは僕の依頼にはよく応えてくれた。彼らの協力を得られたことが僕の仕事の成功に直結した。現地スタッフは、日本からやってくる企業の経営者、事業部門の責任者、工場長、職人をよく見ている。誰が手本になるか、日本人から何を学び取れるか、その感覚は鋭敏だ。特に、この国の文化を理解しようとする気持ちがあるかどうかは、現地人には感覚で悟られているといってよい。僕には彼らの静かな瞳が、そう言っているように見えた。

業務には取材仕事もあった。初の取材はヤンゴン国際空港の北、ミンガラドンの日本人墓地の記念式典だった。式典は全日空ヤンゴン支店長の挨拶で始まり、そのなかで、太平洋戦争で命を落とした人々への慰霊をする場所はアジア各地に存在するが、ヤンゴン日本人墓地が最も整備されていること、その前年にはアウンサンスー・チー国家最高顧問訪日時、天皇陛下表敬訪問で、陛下から御礼の言葉があったことが紹介された。

「この施設を維持するにあたり、地元の皆様のご協力に感謝すると共に、縁あってこの地で私達が仕事ができるのも、先代の努力があってのこととあらためて感謝致します」

挨拶はそんな言葉で締めくくられた。取材後、僕は日本から持参した線香をお供えして墓地を後にした。

その後、なんとか無事にミッションをやり終えた僕は、ある日街を歩いてみようと思った。

あらためて眼に止まったのは、毎日通った交差点で道路工事に従事する若者たちだった。彼らは大型の空気圧ハンマーで路肩のコンクリートを打ち崩していた。ドガガガと大爆音で作業する姿は日本でも見る風景だ。ところがよく見ると彼らは皆、裸足だった。しばらく見ていたが、作業の合間に移動するときにはゴム草履を履いている。そして骨ごと粉砕されそうな爆音の作業に戻るときは、なぜか裸足になっていた。「SAFETY　FIRST」と書かれた壁の前で裸足で作業する彼らの真剣な表情が印象的だった。

そのことを情報誌の同僚に話すと、複雑な顔をした。聞いてみると、数ヶ月前にこの辺りで豪雨があったとき、事務所の入るこのビルの周辺は足首まで雨水が溜まり、そこに切れた電線が落ちて五歳の子どもが感電死する事故があったという。その子どもも裸足だった。このビルのある交差点は日本のODAによる大型再開発工事の向かい側でもあり、信号待ちの車に花売りの子どもたちが群がってくる場所だった。

二〇一〇年にアウンサンスー・チー国家最高顧問が自宅軟禁から解放されると、ミャンマーは「最後のフロンティア」ともてはやされ、日本から多くの企業や個人が一旗揚げようと殺到していた。僕もその一人だった。

情報誌との契約期間終了にあたり、契約を継続するかどうかの話し合いの場が持たれた。僕には契約の延長はせず独立したい意向は固まっていた。自由はやはり自分にとって価値観の最上位だった。仕事もお世話になった仲間も好きだったが、恵まれた環境と良い経験に感謝しつつ、本来の自分がやりたいことに向かいたいとして、僕は契約を更新しなかった。

僕の退社が認められると、その瞬間から自問自答が始まった。本来の自分のやりたいこととは何だったのか。僕の場合、儲けることだけでは熱い思いは湧き上がってこない。

今回、僕はこうして何かのご縁でミャンマーに来られたのだから、ミャンマーを素材にした物語が創れないか、それを映画にできないかと考えていた。それが、自分のやりたいことに違いなかった。

この時期、お世話になった方々にご挨拶といいながら飲み歩いたりもした。そんななかに、現地の広告代理店に勤める人で熊のような身体の桑野万次郎（くわのまんじろう）さん、通称クワマンさんがいた。その日も彼の行きつけの店で大量のビール瓶のなかに埋もれながらクワマンさんと飲んでいた。

「これで、ようやくまとまった時間がとれそうなので、いい機会なのでミャンマー国内を旅してみようかと思うんですよ」

「いいですねえ！　どこ行くんすか？　付いて行っていいすか？」

「未だ場所言ってないでしょ。そうですね。映画を撮るヒントになるような、要はシナハンですかね」

「なるほどね、釣竿持っていかな」

本当は、行きたい場所は決まっていた。そこはミャンマーとインドの国境のチドウィン河の西側にある「カレーミヨ」だ。そこはかつて悪名高いインパール作戦で「白骨街道」と言われた場所の入口だった。すでに酔いつぶれて戯言しか言えなくなったクワマンさんを横目に思い浮かんだのは、前に古い映画で聞いた戯言だった。

「ジャワは極楽、ビルマは地獄、死んでも帰れぬニューギニア」

どうして僕がそんな地獄を見たいと思うのかは自分でもわからない。ミンガラドンの日本人墓地を取材したときもそうだったが、そこに行きたいというより、行かなければならないという衝動みたいなもので説明はできない。クワマンさんの上司はミャンマー人だったが、僕がカレーミヨに行って来るというと、

「あそこは出るらしいよ。日本軍の亡霊が」

と一言を添えて、送り出してくれた。

白骨街道

一週間後、クワマンさんとカレーミヨの空港で現地集合した。

カレーミヨはヤンゴンから七百四十キロほど北にあるインドの国境に近い山岳地帯だ。インド側のインパールから見るとミャンマー側の南東に位置しており、インパールとの間に横たわ

る三千メートル級のアラカン山系がある。この密林で三万柱の日本兵の屍が折り重なったと伝えられるのが白骨街道だった。

現地の通訳ガイドは、元明神新聞写真報道部でミャンマーのあちこちをバイクで回って撮影された川田さんの紹介だった。紹介された通訳ガイド氏は少し大きいスクーターのようなバイクで現れた。彼はチン州に暮らす山岳少数民族のゾミ族だった。彼の名前は僕たちには発音するのが難しかったので、僕らは彼を「ゾミ君」と呼ぶことにした。ゾミ君は立派な体格と褐色の肌を持つ敬虔（けいけん）なクリスチャンだった。

現地合流した三人は町の市場を練り歩いた。クワマンさんは、道端に並ぶ食材をあれやこれや寸評をしてくれる。彼はヤンゴンの路上で売られている生魚を自宅に持ち帰り、三枚に下して食べることのできる野性的な男だった。やがて僕は、黒焦げの肉らしい食材が売られているのに気付いた。最初は何の肉だかさっぱりわからなかった。よく見てみると、焼き芋くらいの大きさの真っ黒な肉にはしっぽがあり、それで丸焼きのネズミだとわかった。ほかにもそれより大きめだがやはり黒焦げの肉があり、こちらには小さな手のようなものが見える。骨の大きさと形から、その肉片が猿だとわかるまで流石のクワマンさんでも時間が掛かった。ネズミと猿の丸焼きを売っているオバチャンは、僕がこれまで会った人のなかでは最高レベルに野性的な人だった。

ひとしきり歩くと、ゾミ君は近くに寄りたい場所があると言い、皆で行ってみた。その家屋は結構広かったが、古い木とブリキのようなトタン屋根の簡単な造りだった。なかは照明が少なく暗い。奥からゾミ族の伝統的なロンジーを着たお婆さんが出て来られて彼女の満面の笑顔がその場を明るくした。ゾミ君が「日本人を連れて来た」と言うと、そのお婆さんは飲み物とともに、これを見てとばかりに何かを抱えて運んで来た。それは、錆びた旧日本軍の鉄兜だった。

「これは、昔、助けてあげた日本の兵隊さんから貰った。今も宝物」

お婆さんの言葉をゾミ君が通訳してくれた。

「この家の裏手の山に日本兵が隠れていた場所が今もあります。見たいですか？」

僕たちは、ゾミ君の案内でその山に向かうことにした。

行ってみると、そこは国立公園かと思うほど広大な森林だった。ゾミ君の案内で草や枝をかき分けて湿原のような獣道を歩いていくと、急に開けた場所に出た。そこには木材を弦のようなもので結び付けて組み上げた小屋があった。荒れ放題の状態で人は住んでいないようだが、高床式の床から錆びた鍋がぶら下がっていた。

「昔はここに日本の兵隊さんがいたと聞いています」

「どれくらい前のことなんでしょうか」

「さて、あのお婆さんは私の妻のお婆さんです。彼女が幼かったころの話だそうです。ゾミ族はキリスト教徒でも人が死んだ後の骨は大事にします。私たちは昔から日本人の骨を埋葬してきました」

八十年近く前のことだ。政治的な状況は違っても、見渡す限りの大自然はきっと変わらない様相だろう。特に、雄大な夕日に照らされて美しいシルエットを見せるパゴダは、遥々日本から戦争に来た兵士たちに自問させたのではないだろうか。自分たちは、こんな平和な場所に銃を担いで何しに来たのだろうかと。

僕たちはその日はホテルに帰り、翌日、車を借りてさらに国境の方向へ行ってみた。カレーミヨから西へ向かう道路はわりとしっかりしていた。道中美しいパゴダも見かけた。やがて車は、険しい山道を登り始めた。七曲りの坂道を左右に揺られながら登っていくと、採掘現場のような土壁だけの小高い場所で車は停まった。この先は、車の通れる道ではないという。車を降りてその先を見渡すと、険しいアラカン山脈の山肌、深い谷が見えた。舗装されていない道はそこで終わっていて、その先は建設中だった。

ここからどうするか、僕たちは話し合った。ゾミ君はこの場所から六百キロ離れた村からバイクでやって来ていた。四輪では通れない道も二輪なら通ることができるのだという。

この道なき道の先にはおそらくたくさんの人骨が眠る夥しい数の霊魂が浮遊する道があるに違いない。僕は今の自分にはその道を歩く準備ができていないと感じた。もちろんこの先を車で行ける道はあるはずだったが、それを見つけて進むには数週間以上滞在する必要があった。

結局、月末までにヤンゴンに戻らなければならない僕たちは、今回はここまでとするしかなかった。

少し落ち込んでいた僕たちを案じてくれたのか、ゾミ君は「明日、ゾミ族の祭りがあるので一緒に参加しないか」と誘ってくれた。僕たちは喜んで招待を受けることを決め、その夜は近くの宿に泊まっていろいろな話をした。ゾミ君も興味深い話を聞かせてくれた。

「昼間私は、ゾミ族が日本兵の遺骨収集に協力してきたことを言いました。日本人の皆さんが昔の日本の兵隊さんの遺骨や遺品を探しに来るようになったのは、最近のことです。昔は日本人がここまで来られなかった。ゾミ族は頼まれなくても日本の兵隊さんの骨を集めてお祈りもしました」

「それは本当に感謝しなければ。日本人の一人として御礼を言いたい」

「開放路線になる前の軍事政権下では何をするにも難しかったので、厚生労働省がビルマ戦線の遺骨収集を始めたのは最近のことらしいですしね。以前から遺骨収集活動をされている有名な日本人もいるけど」

「井戸さんですよね。本も書かれていますね。井戸さんには尊敬の念しかない」

「ゾミ族は貧しいです。そして、日本の兵隊さんの遺骨には、頭の骨が見つからないことがあります」

「それはどういうこと？」

「日本の兵隊さんの顎の骨から金歯を抜いて、その後は砕いて河に流してしまう。そういう人がいたのだと思います」

もし僕の父や祖父がビルマ戦線で命を落とし、白骨街道にその遺骨が晒されていたとしたら、僕はなんとしても遺骨を探し出して供養したいと考えるはず。ただ、それが何らかの理由でできなかったとしたら。自分たちができないことを現地の人が代わりに骨を集めて供養してくれていたとしたら。僕はきっと供養の費用を喜んで支払うだろう。この遺骨から金歯を抜いたという話が、近年やっと日本政府が動いてビルマ戦線の犠牲者の遺骨収集活動ができるようになった流れに水を差すことになってはならない。僕はそう思わずにはいられなかった。

翌日の夜、僕たちは、知られざるゾミ族の祭りに参加した。

その祭りは、子どもたちがゾミ族の民族衣装でモデル歩きをするコミカルなファッションショーがあったり、美しい民族衣装を着た女性歌手の民謡や、牛の角や毛皮をまとったおじさんが熱唱したりなど、とにかくカレーミヨ最後の夜は、楽し過ぎた。

祭りの翌日、僕はヤンゴンへ帰る国内線の飛行機のなかで、もしミャンマーを題材にした映画を創るなら、あの時代のことは避けて通れない。八十年前、どういった経緯や知られざる真実があったとしても、一瞬でもビルマ人と日本人の間に信頼関係があったはずと信じたかった。

そしてこの地で亡くなった多くの魂が日、英、印、緬、の国籍を問わず、今となっては皆、平和を望んでくれていると思いたかった。

こうして僕は、ヤンゴンに帰って来た。これからは、本格的に現地で独立した生活の準備をする必要があった。

OFFICE KOKUBU

今度の再出発は正真正銘の単独行動だった。ミャンマーでは、国民が必要としている電力の三割が不足していた。インフルエンザで処方されるタミフルも確保されていなかった。学校も教師も足りない。とにかく日本に有って、ミャンマーに無いものは、たくさんあったのである。

ヤンゴンの仕事で苦労したのは、経験のある人材になかなか出会えないことだった。足りないことは試練であると同時にビジネスチャンスでもある。自分のできることは自分でやるしかない。問題は僕がビルマ語を話せないことだった。僕は通訳スタッフを探すことにした。

この国が英国に植民地とされていた歴史からか、知識層は英語を話した。大学生など巷で英語を話せる若者も多かった。そのためまったく困るということではなかったが、それでもビルマ語が話せたら便利な場面は少なくない。そこで、日本語能力試験は三級程度でもいいので仕事の基礎的なお手伝いをしてくれる通訳がいてくれたらと考えた。

僕は現地スタッフ探しをイベント現場の責任者だった佐々さんに相談していた。彼はヤンゴン生活が長く、ミャンマー人の気質も僕よりずっと深く理解するヤンゴン生活の先輩だった。

「そうだねえ。今、フリーで仕事を探している若い子から一人を選ぶというなら、絶対ニンだね。あの子は人の見ていないところで仕事をする子だった。あの子なら間違いないよ」

僕は迷わずニンを採用した。

こうして翌日からニンと二人三脚で新事務所の環境作りが始まった。

事務所はミンガラゼイの大きな交差点近くで雑居ビルの二階だった。一階はインドの手作りのお菓子を売る店で、日常生活に必要な水などを購入した。

部屋は小さかったが事務所兼一人暮らしには充分だった。バスの路線はいくつか通る場所だった。しかしどこがバス停なのかはさっぱりわからない。翌朝、どうすればあのバスで時間通りに来られるのか不思議だったが、ニンは時間通りに出社した。

「おはようございます。昨日は眠れましたか？」

「大丈夫。でも朝方にイスラム教のお祈りが大音量で流れてきたけどね。慣れればいいのかな」

この近所では、仏教もイスラム教も街宣車みたいな車が大音量で街中の人々にお祈りを聞かせていく。このころ、ローカルニュースに、こうしたお祈りがあまりに大音量過ぎて我慢できなかったのか、街宣車に上って音源のコンセントを引き抜いた西洋人が逮捕されたことがあった。彼の気持ちもわからなくはなかった。

事務所開設初日、購入したデスクや椅子などを並べていると、最初の電話が鳴った。街は一日中ラッシュアワーみたいな喧騒のなかだった。

「はい！　オフィスコクブですが」

「國分さん、どこにいるの？　外なんだね。うるさくて声が聞こえないけど！」

「もしも〜し！　引っ越した事務所のなかにいますけど！　交差点が近くてですね！　外のバスとかの音が、デカすぎるもんですから！　すみません！」

それが、我が事務所で交わした外部との最初の会話だった。この日、ドアの外の鉄格子に「OFFICE KOKUBU」と手書きした小さな看板を掲げた。

オフィスコクブの記念すべき最初の顧客は、日本人が経営する芸能事務所だった。

日本の芸能界ではプロダクションに所属していないタレントが仕事をするのは難しいが、アジアでは大物歌手でもマネージメントをアーティスト本人や家族が行うことは珍しくない。そういう事情もあって、ミャンマーではタレントのマネージメントというものは根付いていなかった。それを事業化することは簡単でないが、孤軍奮闘していた会社があったのである。

会社の名前は「モヒンガー社」。ミャンマーの国民的な伝統料理の名前である。代表の古町(ふるまち)朋樹(ともき)GM（ジェネラルマネージャー）は三十代の日本人で、かつて役者を目指していたという。古町GM自身もヤンゴン在住の日本人ビジネスマンたちと「淀川タウンシップ」というバンドを組んでいた。

ダウンタウンのライブカフェでの演奏で知り合うと、僕たちは直ぐに意気統合した。

こうしてオフィスコクブの最初の顧客は、芸能事務所モヒンガー社となった。この法人は日本人の古町GMが資本金を工面していたが、登記上のCEOはミャンマー人なので、モヒンガー社は純然たるミャンマー法人だった。

彼のオフィスは市内のカンドージ湖のほとりでバハンという街にあった。モヒンガー社のオフィスに入ると、奥に座る古町朋樹GMだけが日本人で、ほかの二十名近い若いスタッフたちは全員ミャンマー人だった。若いスタッフたちはいつも賑やかだ。フロアのあちこちから「トモキさーん」と声が掛かると、営業的な話には男性通訳のシートゥーが、経理や管理部門の内容には女性通訳のティティがトモキさんとスタッフとの間に入り、GMの気持ちに成り代わって問題の処理をしていた。スタッフたちと年齢の近いニンはすぐに彼らと打ち解けていった。

そしてもう一社。バハンのビルには、モヒンガー社と同じフロアに日本の大手旅行代理店大海旅行社のミャンマー支社も事務所兼店舗を構えていた。僕はミャンマーに来る前に日本の本社とはたびたび仕事をしていた。大海旅行社の濱田(はまだ)社長にはずいぶんとお世話になっていて、赤沢社長室長からもミャンマーに行くならヤンゴンの支社長を訪ねるようにと勧められていた。

受付で名乗ると、僕はすぐに案内された。黒川支社長とはすでに面識はあった。

「國分さん、どうもどうも」

「黒川さん、日本企業広報ブースではお世話になりました。今日は、あらためて〝茶色ノート〟がご挨拶に参りました」

大海旅行社はかつてベンチャー三銃士と呼ばれ一世を風靡（ふうび）したカリスマ経営者濱田社長率いる大手旅行代理店だ。設立当初、顧客名簿を記したノートが茶色だったので、古株の社員は顧客のことを〝茶色ノート〟と呼んでいた。僕もそんな〝茶色ノート〟の一人でもあった。

こうして偶然にも二つの顧問先が同じビルだったので、僕とニンは頻繁にバハンに通うようになった。

「これは、シュエダゴン・パヤーに御礼のお参りをしなければいけないね」

「そうです。ぜひ、行きましょう」

ある日、ニンとシュエダゴン・パヤーを参拝した。

シュエダゴン・パヤーは、紀元前五百八十五年、二人の商人がインドで出会った仏陀に八本の聖髪を授かり、この仏塔に奉納して以来、ミャンマーでもっとも神聖な場所として崇められている。一般にミャンマーでは、寺院の境内に入る前、駐車場で車を降りたときから履物を脱ぐことが礼儀だ。英国からの独立運動が始まったのも、寺院の境内に土足で踏み込んだ英国人に対してビルマ人が激しく抗議したことがきっかけだった。

けして裕福とは言えないミャンマー国民だが、仏塔の金箔は本物の純金が使用されており、それらは参拝者の奉納によって賄われている。寺院には黄金だけでなく、五千のダイヤモンド、千のルビーや翡翠なども奉納されていた。その境内のなかには祈りのスペースがある。事務所を立ち上げたとき、僕たちはそこに座り、事業の成功を祈っていた。この日はその御礼参りとなった。ニンは再び同じ場所で静かに一生懸命に祈っていた。彼女の後ろ姿を見ながら、僕もあらためて祈りを捧げた。この国に来て仕事をする以上、この国の人たちに喜ばれることをさせていただきたい。僕はそう念願した。


僕がミャンマーで立ち上げたのは、メディアコンサルタントとして広報関連の業務を扱う提案型の事業だった。この時点では日本でいう個人事業主のようなものだ。

大海旅行社からは、同社の新しい看板をビルの前面に掲げる作業を請け負った。これはニンにとっても初めての作業だったが、お得意様の意向を受けてデザイナーに発注したり、設置する家主と交渉をまとめたりしてくれた。仕事の結果は目に見える形で残り、今もバハンのビルに掲げられている。ニンにとっても自信に繋がったに違いない。

また、僕は大海旅行社のインバウンドを広報面で支援するために、海外旅行者にとって定番のガイドブック『ビルマの歩き方』で広告枠を確保したいと考えていた。まずは黒川社長に提案した。大海旅行社のような日本本社と海外支社の両方で営業部門を持つグローバル企業の場合、社内的に関係各所に売上げを落とす必要もあり、広告宣伝の費用対効果をどう考え、どの部署で広告予算を負担するかなど本社との調整作業が必要だった。黒川社長はそうした調整を重ねた結果、めでたく広告出稿は決定された。我が社のニンにとっても、一連の仕事は密度の濃い経験となった。広告原稿作成にデザイン制作と、段階を経て作業を通してニン自身も成長していった。そして彼女の仕事の足跡は、日本全国の書店に並ぶ書籍という形で残ることになった。

お得意様の事業の成長に伴い、オフィスコクブにも変化が訪れた。顧問契約だけでなくほかにも数社の広告契約が決まるようになると、売上金の管理業務も必要になってきた。現地の資金管理に関しては、日本人経営者と現地スタッフが揉めるケースがあることは聞いていた。そうした事故が当たり前と考える日本人経営者はミャンマー人に金庫の鍵を渡さない。実際、ミャンマー人に通帳を預けて持ち逃げされるケースも聞いていた。すでにニンには事務所経費の現金出納帳を記載するように指示していたが、僕はそれに加えて金庫の鍵とナンバーを教えて現金の管理も担当させることにした。

「こういうことをミャンマー人に任せるなという人もいるが、今日からはニンに現金管理をお願いします」

僕もビザの更新や日本での事業で帰国することがあるので、現地での資金管理を任せられる人が必要だった。鍵を受け取ったニンは泣いていた。これだけのことで感激してくれるというのもミャンマーらしい出来事だったのかもしれない。

モヒンガー社への新規企画第二弾は、所属タレントのスキルアップ企画だった。

当時のミャンマーでは、なぜかゾンビ映画とファミリー向けコメディ映画が人気でいつもどこかで上映していた。僕はしばしば、観客は映画のどんなシーンでうけているのかを調べに行った。いつも通り、なんてことのない場面で客席は大うけしていた。映画館で感じた疑問を何人かのミャンマー人の友人に聞いてみると、ある人は「普通の生活に楽しいことがないのです」と言った。またある人は「この国で映画は自由に撮れないのです。検閲があるから」と答えた。

確かにそうかもしれなかった。ミャンマーではわずか数年前まで実際に密告制度が存在していた。要は映画やドラマで国軍を批判するような作品は上映できなかったのである。

結局、国内で製作される作品は、政治的に当たり障りのない、ホラーやコメディだけに製作許可が下りていたのかもしれない。ほかにも僕は普通に観たい映画も探して観に行った。そのなかにミャンマーのアクション映画があった。

映画を観ているうちに、僕にはあるアイデアがひらめいた。モヒンガー社の俳優に、武道経験のある僕自身が多少指導するだけでもほかの俳優と差別化が図れるのではないかと思い付いたのだ。ひょっとするとミャンマー映画界で一目置かれる存在になれるかもしれない。

翌月からモヒンガー社内に〝サムライアクションクラブ〟が設立された。もともとモデルのウォーキングトレーニングをしていたスタジオに、毎週一回の仮設道場が設置され、俳優修業の一環として武術の稽古が始まったのである。

ミャンマーの教育事情は、限られた環境下でその多くは暗記型の授業で、母国語と数学を教えるのがやっとの状況だった。情操教育の余裕はなく、僕はこれまで保健体育を一度も教わった経験のない若者に武道を教えることとなった。

床にはクッション材を敷き詰めて柔道場のような環境が作られた。僕はさらに自室からベッドのマットを剥がしてスタジオに運び入れた。

戸惑いも多々あったスタートだったが、その後稽古の回数を重ねる若者たちはスポンジの如く多くを吸収していった。そして稽古は段階を経て基礎的な体操の分野から、簡単な柔道の動作へと進み、やがて僕が学生時代に学んでいた少林寺拳法を体験する段階へ進んだ。少林寺拳法はアジアのアクションには似合う。突き蹴りには空手ほどの鋭さはないが、フルコンタクト系なので避けなければ顔面を打たれてしまう。僕は稽古に来るミャンマーの若者たちにリアルな突き蹴りを要求し、受け手側には、攻撃側の繰り出す拳を舐めるくらいまでぎりぎりで避ける練習を繰り返しさせた。

稽古の最後には、居合道の実演をしてみせた。僕は大学を出た後は小田原で田宮神剣流の継承者に師事していたので、師範に連絡をし自分に居合を教える技量はないがミャンマーの若者たちと一緒に稽古をする許可をいただいていた。「武」という文字には、相手の矛を止める意味がある。内戦の終わらないミャンマーの若者たちに稽古でそんな話も織り交ぜた。

毎回の稽古終わりの、全員で車座になって感想や気付いたことを語り合う時間は僕にとっても貴重だった。

「皆さん今日もご苦労様でした。今ご覧いただいた居合道の形では刀は一振りですが、かつて武士は大小二本の刀を腰に差していました。大刀は敵と闘うのですが小刀のほうはどのように使うかわかりますか？」

稽古の参加者は、ほとんどビルマ語しか話せないメンバーだった。こういう場面では、稽古に参加しているニンが一生懸命に逐次通訳をする。

「大切なことは、武士に二言無しということです。嘘は付かないという意味で、武士は自分の言葉に責任を取るということです」

伝えたい大事な部分は、一語一語を区切り、通訳しやすいように語るようにした。

「脇差や短刀は、武士が約束を守れなかったときに責任を取るための、腹を切るときに使う刀なのです」

僕は、そう話しながら切腹のゼスチャーをしてみせた。

気が付くとニンがとても長い時間をかけて通訳をしていた。僕はあえて短い言葉でゆっくり話したつもりだったが、ニンは何かたくさんの言葉を足して日本の武士道を自分なりにミャンマーの仲間たちに理解させようと努力していた。僕にはニンの語るビルマ語はわからなかったが、彼女を真っ直ぐに見つめて聞き入る若者たちの真剣な眼差しが、彼らが武士道を自分なりに理解しようとしていることはよくわかった。その後、「サムライアクションクラブ」は、国内企業のＣＭに起用され、ミャンマー全土で放映された。モヒンガー社のＰＲに大きく貢献したのである。

モヒンガー社への仕事が一段落した後、僕の周りで大きな変化と新たな出逢いがあった。

一つは通訳兼スタッフとして働いてくれていたニンの退社であった。理由は、僕がニンの母親の怒りを買ってしまったことにあった。僕とニンが一緒に行動する勤務形態が、この国では男女関係と誤解される行為であったことに気付けなかったのは本当にうかつだった。ミャンマーでは母親の言うことは絶対だという宗教に近い考え方があり、母親から会社を辞めるように言われたニンは、従うしかなかったのだ。

もう一つは、ミャンマーの中小企業の経営者で構成されるボランティア団体との出会いだ。

ニンが辞めたことで、僕はミャンマーのことをわかった気になって思い上がっていたことに気付かされた。ビルマ語も話せず、こんなことでは、異国でコミュニケーション事業を生業にしようなんておぼつかなかった。ニンを推薦してくれた佐々先輩にもお詫びしなければと考えた僕はダウンタウンにある佐々先輩のアパートを訪ねた。

「國分がミャンマーを知りたいというのなら、ヤンゴンの日本人とだけ付き合っていてはだめ。ミャンマー人のボランティア組織があるから、今度の日曜に参加するといい」

佐々先輩のアドヴァイスに従い、次の日曜日、僕はダウンタウンに事務所を構えているＭＪＳＥＡ（ミャンマー日本社会経済協会）を訪ねた。

ＭＪＳＥＡの活動は多岐にわたり、ヤンゴン市内での植樹、寺院の清掃、ミャンマー各地でワクチンの無償配布などさまざまだった。この団体の理事たちは一九八八年のクーデターのころは学生だった。彼らは若き日のアウンサンスー・チー氏を守るために集まった仲間であり、その後日本に避難し、日本で経済力と商売のノウハウを身に付けてミャンマーに帰国できた人たちだった。現在のミャンマーの若者世代をＺ世代というが、彼らはその親の世代、いわゆるＹ世代であり、同世代の多くの若者が国軍に殺害された経験を持つＹ世代は、ミャンマーの社会問題の本質を肌で理解していた。この後、僕は彼らに多くのことを学び、助けられることになる。

世界を見る窓

もう一つ、ヤンゴン市内の僧院（僧侶の寝起きする宿舎）で行われていた日本語教室との出会いがあった。

ニンが辞めて新たな通訳を探す必要もあったし、僕は地元の若者たちに日本語を教えているという僧院を訪ねた。僕は大学で仏教学を専攻していたので、仏教に対する興味も後押しとなった。その僧院は、日本人が多く暮らす街であるサンチャウンにあった。

僕は、僧院が若者たちに学びの場を無償で提供していることに感銘を受け、日本語教室にボランティアで参加することにした。このことは、僕がより深くミャンマーを理解していくきっかけとなった。

ある日、僕の担当グループに二人の若い僧侶が振り分けられてきた。

そのうちの一人は、色白のハンサムで少女漫画から飛び出て来たような美男子だった。

「初めまして。私の名前はユウジです。二十五歳です。よろしくお願いします」

流暢な日本語だった。

もう一人は精悍な顔つきに皮下脂肪のない見事な身体に僧衣をまとっていた。

「初めまして。私はタカです。私も二十五歳です。ラカイン族です」

「初めまして。國分昭祐です。私も日本の仏教徒です。よろしくお願いします」

固い挨拶から始まってしまうのは、このフレーズが教科書で例文としてお手本になっているからだが、その後は定型文のない自由なやり取りが始まる。僕は自身が持ち歩いている数珠やお経巻を見せたりしながら彼らの興味のありそうな話題を探した。

「これは僕が生まれた日に僕のお婆さんからプレゼントされた数珠。最初はもっと白い木の色だったけど、何十年も使っているうちにこんな色になりました。これは日本語のお経巻。日本には、仏教はインドから中国を経て伝わったので、二回言葉が翻訳されて意味がわかるようになりました。ミャンマーではパーリ語のまま唱えられていますね」

「私たちもお坊さんが読むお経の意味はわからないです」

「日本でも意味より音に霊力があると考えられ翻訳されていない陀羅尼経（だらにきょう）などもあります」

僧院に来ている彼らは仏教徒が多く、僕が同じ仏教徒だと知って興味と安心感を持ったらしく、僕の数珠やお経巻をみんなで手に取って眺めていた。

「僧侶のお二人にはいろいろ聞きたいことがあります。まず、その名前。ユウジにタカとは、これはどういうことなのかな？」

「私たちは、みんな先生に日本語の名前を付けてもらっています」

「そうだったのか。いい名前だね」

「ありがとうございます」

「タカさんは、ラカイン族ということはあのロヒンギャの？」

「そうです。ロヒンギャの問題で有名なラカイン州が私の故郷です」

「お二人には教えてもらいたいことがたくさんあるから、きっとこの時間では足りないね」

「どうぞ、僕たちの僧院にも遊びに来てください」

「ぜひ参拝させてください。僕はビルマ仏教を学びたいとずっと思っていました」


後日、僕はユウジさんの暮らす僧院を訪ねた。

彼の僧院は、日本語教室の僧院から歩いて行ける距離で、サンチャウンの大仏の近くだった。ユウジさんは僧院の門で待っていてくれた。鉄製のかんぬきを開けると小さな庭があり、貯水庫もあった。境内の階段を数段上がると大きな犬が二匹、寝そべって門番をしていた。彼らを踏まないように気を付けながら僧院のなかに入ると、そこは古民家風の造りで、窓からの日光に頼っているせいか部屋は少々暗く、深い色の板の間が広がっていた。右手を見ると大きな階段が二階に続いていた。一階には一段高くなった敷居があり、その奥に続く大広間があって、老婆が座って野菜を切るなどの調理をしていた。調理をしていた老婆は中華系だというので、中国語で話しかけてみると、笑顔で答えてくれた。

「ニンハオ。私は國分と言います。よろしくお願いします」

「よくおいでなさった。ゆっくりしてください」

初めて来たはずなのに田舎に帰ってきたかのような懐かしい感覚がする。そして、ユウジさんが紹介してくれたのは、奥の間に座っていた風格のある年老いた僧侶だった。

「こちらが私の師匠です」

「初めまして。國分昭祐と申します」

紹介された高齢の和尚は僧院の住職だった。

英語を話すと聞いたが、実際の会話はユウジさんが和尚の耳元に近寄って優しい声で通訳をしてくれた。和尚が僕を真っ直ぐ見て声を発した。

「日本から来たとか。仏教を学んでいるのか。こちらに来て座りなさい」

和尚の声は少しかすれた小さな声だった。僕は奥の法座の前に正座をしてご挨拶をさせていただいた後、次に和尚の前に正座し、床に両手をついて三度、礼拝をした。上座部仏教で見る作法で、「仏・法・僧」の三つを敬い三度の拝礼を行う仕草だ。

「私は、日本から来ました。大学で仏教を学びましたが、在家（ざいけ）です」

「あなたは、どうしてミャンマーに来ましたか」

「私はこの国で映画を撮りたいと考えています」

「どんな映画を撮りたいのですか」

「かつてこの国と日本は短い間ですが強い信頼関係があった時代があったものと信じています。

その時代を描いた作品を創りたいと思っています」

「大切な仕事ですね」

「ありがとうございます」

和尚との挨拶が終わると、ユウジさんは、二階を案内してくれるという。

「私の部屋をご覧になりませんか」

「ぜひお願いします」

階段を上がると二階にも法座があり、大きな釈迦如来像が安置されていた。

その釈迦如来像の背中で電光仕込みのネオンライトが点滅している。ネオンライトは放射線状にご来光が輝いているような光りを放っていた。せっかくの落ち着いた雰囲気がパチンコ屋のようになってしまっていた。内心多少残念な気持ちになってしまったが、口には出せない。

そのネオンの光に照らされた法座の前には、たくさんの果物や仏具が奉納されていた。

二階は御法座以外には何もない空間だったが、隅のほうに布団と蚊帳（かや）が置かれていた。

「地方から参拝に来ているご家族がここに泊まっているのです」

二階は遠方からの参拝者が参篭（さんろう）するためのスペースだった。では、ユウジさんの部屋はどこだろうと思って見回したが、それらしきものは見当たらない。

「私の部屋はこちらです」

そこは、部屋の外で二階の縁側だった。庇（ひさし）はあるので雨は凌（しの）げると思うが、テラスといえばいいのか幅一メートル程度の回廊だった。何組かの布団が無造作に積み上げられた先の回廊の突き当りがユウジさんのスペースだった。手前にはベッド。その奥に机が置かれていて、プラスチック製の椅子が置かれていた。ユウジさんはその椅子に座った。目を引いたのは、壁に日本語の発音の一覧表や、漢字の読み方、文法などが所狭しと貼られていたことだ。机の上には日本語のテキストや辞書が積まれていて、さながら司法試験を控えた苦学生の日常のような感じがした。

「凄いねこれは。でも、どうして日本語を勉強しているの？」

「私は、お寺と僧院の往復、托鉢行（たくはつぎょう）に出るほかに行くところはありません。唯一、日本語を勉強するとき私は知らない世界をたくさん見ることができます。日本語の勉強は、私にとって、世界を見ることのできる窓なのです」

「なるほどね。そのとおりだね」

僕は、彼の言葉に素直に同意できた。と同時に、彼らミャンマーの若者が日本語を学んでくれることで、僕自身もミャンマーの若者たちの心の中を見せてもらえるのだと思った。

その日以来、僕はこの僧院にも通うようになった。ユウジさんに日本語を教えるためと言っていたが、行くたびに教わっているのは僕のほうだった。しばらく僧院に通った後、僕は思い切ってユウジさんに相談した。

「ユウジさん、僕はずっと前からお願いしたいことがありました」

「……お坊さんになりますか？」

「そのとおりです。是非出家体験をさせてください。お願い致します」

「わかりました。師匠に聞いてみます」

ユウジさんは、もうとうに僕の本心に気付いていていたらしい。喜んでくれていることもわかった。早速彼は、和尚に相談しに行き、許可はすぐにいただけた。

「今度の日曜日の朝からここに泊まってください」

「ありがとうございます」

こうして僕のビルマ僧への出家は許された。

アシン・トゥ・ナンダ

ミャンマーでは普通のビジネスマンでも休暇を利用して短期の出家をする人は少なくない。日本で例えるなら四国のお遍路さんに行く感覚かもしれない。ミャンマーの女性もそのときだけ尼僧になって職場に帰ってくる。出家の期間は人それぞれだ。ただし、出家中は本物の僧侶になる。短い期間であっても、見た目だけでなく本当に出家するのだ。もちろん男女とも、剃髪（ていはつ）しなければならない。

仕事に一区切り付けた僕は、次の日曜日の朝に僧院へ向かった。服装ということで、白いワイシャツに茶色で無地のロンジーを巻いた。ほかに余計な物は持たない。出家する際には家族の付き添いも必要な場合があるということだったので、日本語教室で一緒のグループにいたリンさんに代行を頼んで同行してもらった。

僧院に着くと、ユウジさんのほか、同じ僧院に所属する少年僧たちも待っていた。まずは和尚にご挨拶をする。事前に知らされていた寄付金を奉納すると、和尚の前に座らされた。僧侶と俗人では座る場所もご飯を食べる時間帯も同じではない。両者の間には見えない「結界（けっかい）」が存在している。

僕は、学生時代を思い出していた。真っ先に思い浮かんだのは、大学の仏教学部の先輩で実家が日蓮宗の寺院だった藤岡先輩のことだ。藤岡先輩が中山法華経寺（なかやまほけきょうじ）で百日の荒行（あらぎょう）に入ったというので面会に行ったあの日。つい最近までエレキギターでハードロックを弾いていた先輩は、面会に来た僕に会う直前、火打石で「結界」を解いた。そして僕の顔を見た瞬間、開口一番「國分！　お経、あげてないだろう」と言い放った。藤岡先輩だって絶対結界のこっち側の人だったはずなのに。

ついにあのときの「結界」の向こう側に行ける日がやってきたのだろうか、そんなことを考えていると、和尚の声がした。

「あなたのお父さん、お母さんは、今日の出家を承知していますか？」

「私の両親は亡くなっております」

「では、あなたの妻は承知していますか？」

これはまずいと思った。僕は妻には今回のことを話していない。

数年前、世界の仏教国代表を集めた国際平和会議を行う仕事でバンコクに出張していたとき、外国人に得度を与える寺院があると聞いて出家体験を試みようとしたが、妻に猛反対されて実現しなかった。妻は反対の理由を、

「あなたは二週間と言っておきながら二十年帰って来なくなりそうだからよ！」

と言っていた。とにかく、和尚との問答では嘘を付くことはできない。それはビルマ仏教の厳しい戒律で最重要の約束事なのだ。僕はその場で日本にいる妻に電話をした。

「あのな、今からビルマ僧に出家したいけどいいよね？　子どもの誕生日までにはちゃんと帰国するから。スピーカーフォンにするから、今はイイって言ってくれ！」

「わかったわよ。今回はもういいわ」

「和尚様、妻もいいと言っております！」

これでなんとか認めてもらえた。戒律上は一旦離婚をする必要があったのかもしれないが、どうやらそこは暗黙の了解で触れないで良かったらしい。妻の声も聞いてユウジさんが通訳すると和尚は大きく頷き、俗界から僕を次元の高い世界へ引き上げるための読経を唱え始めた。

パーリ語は一般のミャンマー人にも意味不明だが、一フレーズごとに僕も和尚が唱えた通りに唱えなければならない。僕は必死で和尚の声を聞き漏らすまいと意識を集中した。

この問答は長く感じられた。やがて、和尚の唱える声が遠くで聞こえたような気がした。

「これより君をビルマの僧侶として迎える。準備をしなさい」

ユウジさんがこちらを見て微笑んでいた。

「こちらに来てください。それと、シャツを一枚脱いでください」

僕はワイシャツを脱ぎ、僧院の庭で膝を付いて頭を垂れた姿勢になった。そのとき、あの中国系の老婆が出て来て白い反物を広げた。反物は長さ約四メートル、幅は約一メートル。その端を老婆とリンが持ち、反物は僕の目の前に胸の高さでピンと張られた。普通は出家する者の母親などが手伝う作業らしい。これが剃髪の準備だった。

この段階から僕の兄弟子となるユウジさんのことは、僧侶名である「アシン・ユーア」と呼ばなければならない。もはや僕にとってユウジさんは日本語の学生ではなく、仏門における兄弟子アシン・ユーアだった。なお、「アシン」とは入門僧の段階よりさらに上の位を指す、僧侶のなかでも一段高い修行をした者の呼び名だった。

兄弟子アシン・ユーアは、僕の髪を落としていった。それは相撲の断髪式のように始まり、やがて僕の髪はすべて白い反物の上に落とされた。仕上げは、貯水庫前に移動し、アシン・ユーアが剃刀の刃一枚を持って器用な手捌きで僕の頭を剃り上げた。僕はあっという間に完全な坊主頭になっていた。

髪の毛がなくなった姿になると、余計なモノが身体から一掃された感覚になる。何か憑き物が取れたような感覚だ。僕は用意されたビルマの僧衣に初めて触れた。深いワイン色の一枚の布を身体に巻き付けて全身を包む。これで、見た目だけは、どこから見てもビルマ僧だった。映画『ビルマの竪琴』の水島上等兵そのものだ。しかし、僕の場合、ビルマ僧への出家体験は見た目だけで満足するつもりはなかった。

この後、僕たちは、僧院を出て得度式（とくどしき）を行う「戒壇（かいだん）」へ移動した。戒壇とは、正式な僧侶となるための戒を授けられる儀式、受戒を行う場所のことである。案内された戒壇は、古式ゆかしい寺院で、灯りは窓からの陽の光のみ。曼荼羅の掛けられた壁しかない静寂の空間だった。上座にこの地域で得度を授けることのできる有資格者の僧侶五名が無言で待機していた。僧になるには彼らからの質問に答える形で僕は試されるのだ。

ビルマ僧の戒律には男性僧侶で二百二十七も種類がある。ちなみに、この戒律のなかで僧は音楽や舞踊をすることも戒められていた。つまり、映画『ビルマの竪琴』のなかで、僧侶の姿をした水島上等兵が楽器の竪琴を奏でるということは実際にはあり得ない。それは後にアウンサンスー・チー国家最高顧問が日本人会に映画『ビルマの竪琴』をミャンマー文化に沿った形のリアルな三作目を製作し直してほしいと要望した理由の一つだったとも言われていた。

戒律で最重要とされた五戒が、殺生（せっしょう）、窃盗（せっとう）、色情（しきじょう）、虚言（きょげん）、飲酒（いんしゅ）の戒（いまし）めだった。得度式の入門編では、この五戒すべてを守ることができるかとの質問に答えなければならない。

そして五戒を守り、仏法僧に帰依する誓いをすることで正式にビルマ僧になることができる。さらに上位の修行僧になるための問答も続けてパーリ語で行われた。

ここでは多少かじっただけのビルマ語も、大学で学んだサンスクリット語も役に立たない。ただひたすら教わったパーリ語を暗記して間違えないように答えるしかない。問答内容は事前に教えてもらえていて、なんとかカタカナでメモを作っておいたのだが、僕は緊張しながらそのメモを握りしめて儀式に臨んだ。質問のなかには少々おかしなものもあったので、事前の勉強の段階でアシン・ユーアに聞いていた。

「あなたは、人間ですか？　というこの質問、これはどういうこと？」

「答えは人間ですと答えてください」

「もちろんそう答えるけれど、ちなみに人間じゃない場合ってあるの？」

「人間に化けた魔物が僧侶になろうとするのを防ぐための質問です。もう二千年も前から行われている質問です」

「なるほど。ではこの、あなたは、男ですか？　という質問は？」

「はい。答えは男です」

「もちろんそう答えるけれど、この質問は尼僧かどうかを聞いているの？」

「いいえ、これはゲイの人が僧侶に入り込むのを防ぐ質問です。これは最近加えられました」

ビルマ仏教界もいろいろ大変なんだなということがわかったりもしたが、僕は、願わくは、暗記した通りの順番で本番も質問してもらいたいと祈っていた。

しかし、残念ながら実際の順番はまるで違っていて、横でサポートしてくれたアシン・ユーアがいなければ試験の通過は無理だっただろう。

とにかく、僕はなんとか試験に合格することができた。晴れて正式なビルマの修行僧になれたのである。その瞬間から僕はそれまでの國分昭祐ではなく、「アシン・トゥ・ナンダ」という僧名を拝受して仏の使者として扱われることになった。僕はもはや人間ではなくなったのだ。それは周囲からの想像を超える徹底した扱われ方にも表れていた。

ヤンゴンのビルマの僧には、瞑想を極めようとする系統と、仏教を学問として追求する系統があるようだった。アシン・ユーアの師匠である和尚は学術研究派に属する流派だった。その一番弟子であるアシン・ユーアは、サンチャウンの大仏の安置された寺院で少年僧たちの昇級試験が行われる日は試験監督をしたり、寺院で放送席に座って寺院すべてに鳴り響く読経をすることがあった。

ビルマの出家体験記のなかには比較的暇だったという手記もあるが、その僧院は瞑想派だったのかもしれない。我々の小さな僧院の修行僧は多忙だった。

坊主頭に僧衣の姿で僕たちは剃髪した僧院に戻ると、少年僧たちが私の姿を見て集まってきた。彼らの中には僕のことをずっと前からビルマ僧だったと思ってくれた子もいたようだ。気が付くと、一階の窓辺に着座し、窓の外を見ながら念仏を唱えている僧侶がいた。右手には数珠を下げていて、一つのフレーズを唱えるごとに一粒の数珠（じゅず）を指で繰り出している。これもミャンマーの寺院でよく見る瞑想のスタイルの一つだった。その後、彼は、ＭＪＳＥＡのメンバーだったことがわかり盛り上がった。普段は貿易事業を営む経営者だが、年に一度は、自身の精神修養のためにこの寺院で短期の出家修行を行うのだという。彼は数日間の瞑想をした後、還（げん）俗（ぞく）して仕事に戻っていった。

夜になると一階のフロアでは、短期修行者や、少年僧たちが思い思いの場所で就寝した。少年僧は板の間の床に倒れ込むように眠っていた。それは遊び疲れた子どもが寝てしまう姿のようだった。

僕のほうはといえば得度したその夜から修行は始まっていた。

僕の就寝の場所は二階の参籠室（さんろう）だった。あの色鮮やかな電飾を背負った釈迦如来像の前のスペースに敷かれた薄い布一枚が僕の布団だった。最初の夜は全然眠れなかった。板の間で眠るのは苦にはならなかったが、問題は電飾の灯りに呼び込まれて襲い掛かる大量の蚊だった。五戒を誓ったアシン・トゥ・ナンダには、たとえ蟻一匹、蚊の一匹であっても殺生はできない。未だ修行が浅いアシン・トゥ・ナンダは、波状攻撃を仕掛けてくる蚊に対して心の底から憎悪と猛烈な殺意を抱いていた。僕は心のなかで呟いていた。

「今は、ビルマ僧だから殺さないが、還俗したら皆殺しにしてやる」

そんなわけで寝る暇もなく初日の托鉢行（たくはつぎょう）の時間はすぐにやって来た。

アシン・ユーアに起こされたのは午前三時。初めての早朝托鉢行である。地域の檀家を回り食べ物をいただくのだが、僧衣は同じ一枚の布でも托鉢時の僧衣は特別な巻き付け方で着付けをする。言うなればビルマ僧の正装だ。左腕に黒い鉄鉢（てっぱち）を抱くのだが、この大切な鉄鉢と腕を僧衣できつく巻き付けて固定する。履物は脱いで裸足で外に出る。真っ暗な部屋でこの準備をするのは難儀だったが、アシン・ユーアに手伝ってもらい、僕は彼の後に付いて暗夜へ歩き出した。

二人で野犬の吠える夜道を歩くと、早朝の辻に女性がおひつを抱えて待っていた。おひつのなかには炊き立てのご飯が入っていた。その女性は、我々を見ると深々と拝礼し、鉄鉢のなかにご飯を入れ始めた。鉄鉢の底を支えていた手のひらに炊き立ての米の温かさを感じた瞬間、僕は思わず頭を下げて「テェズーツーバレー（ありがとうございます）」と声が出てしまった。

このとき、これまで声を荒げたことなど一度もなかったアシン・ユーアが暗闇のなかでもそれとはっきりわかるくらいに厳しい表情で言った。

「アシン・トゥ・ナンダ。あなたは何もわかっていない。あの人はこのご飯をお坊さんにあげることで仏様にご飯を届けています。あなたはあの人に頭を下げることも御礼を言うこともおかしい。あなたは、あの人やあの人の家族の願いを仏様に届けて、あの人と家族のすべてに功徳（くどく）を届けなければなりません。それはあなたにしかできない仕事なのです。私たちは、もう人間ではないのです」

「大変失礼いたしました。申し訳ありませんでした」

僕は、自分が上座部仏教で出家するということの自覚が足りなかったことを痛感した。これは体験した者にしかわかりようがないと強く思ったのである。

後で聞いたのだが、実はアシン・ユーアは、あらかじめ地域の檀家の皆さんに対して、この日から日本人のビルマ僧が托鉢に回ることを報せていた。檀家の皆さんには期待もあったようだが、アシン・ユーアが最も僕に期待していたらしい。彼らは、日本人が尊い修行をするということに尊敬の念を惜しまなかったのだ。

托鉢で歩くルートは決まっている。檀家のなかには外まで来る人もいるが、高齢者の檀家の多くは自宅でその日の一番の御馳走を用意して僧侶の来訪を待っている。サンチャウンでは一軒家は少なく、五階建てくらいの集合住宅やローカルアパートにはエレベーターもなかったので、僕たちは鉄鉢を落とさないように気を付けながら狭い階段を上り下りした。

そんな檀家のなかに、子どもが日本に留学しているという老夫婦があった。老夫婦は、初めて会った僕を息子のように迎えてくれて、鉄鉢のなかにあるステンレス製の容器に手作りの野菜や卵を焼いた手料理を詰めてくれた。ある檀家では、その家の老人は英語が堪能だというので、いろいろな話を聞かせてくれた。老人は僕にいつでも遊びに来るようにと言ってくれた。

托鉢の都度、我々は、その檀家の幸せ、健康、家内安全、彼らの念願成就を真剣に祈った。

檀家には高齢者ばかりでもなく、若い経営者によるヘアーサロンもあった。彼らは早朝から店で作りたてのミャンマー料理を用意して待っていてくれた。

その日最後の托鉢行は、日本人の経営するコーヒーショップ「東京珈琲」だった。店主の杉村さんと僕は旧知の仲であり、「東京珈琲」は仕事の打ち合わせで頻繁に訪れていた店だった。この日はまるで違った形での訪問だったが、杉村さんもまた変わり果てた僕を笑うこともなく、地元の作法の通りに丁重に迎えてくれた。

托鉢修行も七、八件も回ると夜が明け始める。サンチャウンの街の空が薄い紫からやがて暁へと変化しようとしていた。僕たちは朝五時までには僧院に戻らなければならない。いただいたご飯で僧院の和尚や兄弟子、少年僧たちの朝食を用意しなければならないからだ。

気が付くと道路にも陽の光がこぼれてきた。当然、陽の当たった場所は暖かく、日陰のままの場所は冷たいのだろうと思いながら歩いてみると、結果は逆の場所もあった。裸足の足は敏感に地面の温度を感じる。日陰なのに暖かかった場所は地下水の影響だったのだろうか。そんなときには、自分が物事を見る前に確かめもせず、いかに頭のなかの先入観だけで誤解をしているかということに気付かされた。

托鉢行は、朝食前と昼食前の一日二回、行われた。午前九時を回ると昼食のための二回目の托鉢の準備をした。僧侶の食事は午前十一時までに終わらせなければならなかったからだ。一日の食事は二回。午後から翌朝までは食事は許されない。それも僧侶になってしまえば苦にはならなかった。

托鉢でいただいたご飯や料理は、僧院に帰ると待っていた老婆に手渡す。すると彼女は、さっと盛り付けて料理を出してくれる。あっという間に調理場に並べられた朝食は、和尚と私たちのものは奥の円卓に分けられ、少年僧たちには少し離れたところにある円卓に分けられた。さらに、一段下がった場所の円卓に在家信者の方の食事が置かれていく。僧侶でない彼らが食事をするのは、僧侶である我々が食べ終わるのを待ってからというのが僧院での作法だった。

新参者なのに上席で最初に食事をする僕は内心申し訳なかった。だが僕は、その気持ちは胸の内にしまい込み、僧院の作法を見逃さないように覚えようとしていた。


一段低い場所で食事をしていたラルフを紹介されたのはそのころだった。ラルフは僕より一回り若いようだが僕より老けて見える。日に焼けた肌と頑丈そうな体格を持っていたが、僧院では腰を折り曲げて歩くような人だった。彼よりずっと年下のアシン・ユーアの前ではさらに師を仰ぐ態度を崩さなかった。

ラルフの本業はタクシーの運転手。彼の車はタクシー仕様になってはいるが、五十万キロを走行しているトヨタのプロボックスだった。たまたまアシン・ユーアを乗せて僧院へ送ったことがきっかけで、この僧院に通うようになったという。ラルフは昼食のための托鉢行に随行してくれることがあった。檀家の皆さんから僕たちには持ちきれないくらいの御供物があったときなど、荷物を持って後ろから歩いて付いて来てくれる。僧院はいろいろな形のボランティアに支えられていた。

ラルフが来てくれていたある日の朝、アシン・ユーアが急な用事で托鉢行に行けなくなったことがあった。これは困ったと思っていたら、ラルフが私と二人だけで托鉢行に行こうと言い出した。そんなわけにはいかないだろうと思っていたら、アシン・ユーアもそれがいいという。本当に大丈夫だろうかと心配だったが、僕はラルフを伴って二人だけで托鉢の行に出た。

行ってみると僕たちはかなり良いコンビだった。タクシー運転手のラルフは檀家の訪問先をよく覚えていたし、英語の話せる彼は檀家の方々と僕の間で通訳ができた。そしてこのときも檀家の皆さんは皆、歓迎してくれた。

この日、忘れられないことがあった。いつも優しく微笑んでくれていた檀家で高齢の病弱な男性が介護用のベッドに点滴をしながら待っていた。彼は僕を見ると、どうしても読経（どきょう）をしてほしいと懇願した。私はラルフに通訳を頼み、辛そうに横たわる老人に話し掛けた。

「私は、未だ修行の身の日本人で、日本語の読経しかできません」

「日本のお坊さん。それでいいのです。私は日本のお経が聞きたいのです」

彼がどうしてそう言うのかわからなかったが、僕は腹を決めて、持参していた日本語の経巻を取り出した。僕は、老人の傍らに立ち、彼が少しでも楽になるようにと念願し、一心にご供養をさせていただいた。気が付くと、老人は涙を流していた。僕が読誦したお経巻は上座部仏教の経典にはない大乗仏教（だいじょうぶっきょう）の法華経（ほけきょう）の抜粋だった。それでもその老人はこの日のことを後々までも感謝してくださったという。

後から報告を聞いたアシン・ユーアは喜んでくれたが、和尚は黙って報告を聞いていた。本来は、パーリ語の読経を覚えて唱えてあげるべきだったし、出家体験を終えれば還俗して俗世に戻る身の僕には、この程度のことで増上慢（ぞうじょうまん）になってはいけないと自らを戒めていた。

やがて僕の出家体験の期間も終わりを迎え、仕事に戻る日がやってきた。

僧侶を辞めて還俗するということは、目に見えない身分証明書を仏に返納することであり、僧衣も着ることは許されなくなる。還俗後に僧院で食事をする機会があっても、和尚やアシン・ユーアや少年僧と同じ円卓に着くことも許されない。俗界から二段階の戒壇を経て得度した私は、還俗するにも二段階を降りていく儀式を通過しなければならなかった。この儀式でも禅問答のような形式がとられる。そのなかに一つ気になった質問があった。

「あなたは本当に僧侶を辞めて人間に戻りたいですか？」

僕はその段階では未だ僧侶なので嘘は付けない。

「私は、本当は僧侶を辞めたいと思っていません。私にはやり残した仕事や家族に対しても責任があり、今は還俗しなければなりませんが、本当は辞めたいと思っていません。私は嘘を付くことができません」

すると得度をさせてくれたときに試験官だった僧侶は少し困惑してしまい、

「ここは、戻りたいです。と答えてください」

と小声で言われた。僕は、仕方なく、

「はい。戻りたいです」

そう答えたことで、僕は還俗して國分昭祐に戻ることができた。

還俗した僕は、坊主頭以外は普通の人間に戻っていたが、ミャンマー人には一目で出家帰りの者とわかるので、現地の友人たちとの距離は一歩も二歩も近づいているのを感じた。

特に僧院での日本語教室に行ったときには、タカさんは満面の笑みだった。

「お疲れ様でした。先生、本当に凄いです。ありがとうございました」

「アシン・ユーアがすべて教えてくれて助けてくれたのでなんとかできました」

「昭祐先生、今度はぜひミャウーに来てください」

「そこ、僕も気になってました。行ってみたいねえ」

僕は、ヤンゴン以外の地方に行ってみたいというのは本当だったが、このときは、まだほんの軽い気持ちだった。

山側の真実

ラカイン州のミャウーは大航海時代の古都である。この当時、ラカイン州と言えば「ロヒンギャ問題」が世界中で話題となっていた。二〇一七年八月の衝突で注目されたミャンマーとバングラディッシュの国境地帯は、九十万人にも及ぶ難民問題が発生して知られたが、かつてこの地が大東亜戦争時、英国軍側で闘ったベンガリー人（ロヒンギャ）と、旧日本軍側で闘ったアラカン人の激戦地であったことは日本で語られることはなく、多くの一般的な日本人にとっては他人事のように感じられていた。

そしてロヒンギャ問題は、ミャンマーのなかから見るのと西側メディアを通して知るのとでは、まるで違う様相に見える奇々怪々な問題だった。この問題の本質を理解している日本人は少なかったが国際情勢の有識者やミャンマーの専門家には、非常に根深く複雑な問題であることは認識されていた。

そのラカイン州に実家がある彼から見たロヒンギャ問題がどう見えているのか、僕には非常に興味のあるところだった。

「お坊さんにもなった先生なら大丈夫です。先生にどうしてもラカイン州を見てもらいたいのです。私は、来週ミャウーに帰ります。先生も来てください」

出家体験をしてから、ミャンマーの若者たちとの距離感がかなり近くなったことは感じていたが、タカのアプローチは特に熱烈なラブコールだった。最初は僧侶としての親近感かと思っていたのだが、どうやらそれだけではなさそうだった。

彼と話してみると、彼は僕の仕事の内容も理解しており、メディアに関わる仕事をしている僕にラカイン州の実情を見てほしいという考えがあったのだとわかった。彼の気持ちは、幽玄の世界にいた僕を現実社会に引き戻し、娑婆での本業を一気に思い出させてくれた。

翌週、僕は単身ラカイン州のミャウーへ向けて出発した。

ヤンゴンの市街北部にある長距離バスターミナルではラルフが見送ってくれた。彼は終始心配そうだった。ビルマ語もろくに話せない日本人が、一人で二十時間以上の長距離バスに乗るというのだから無理はない。ラルフは、すでに一足先に帰省したタカから預かったという手紙を持ってきていて、僕にそれを手渡した。

「これをタカから預かった。日本語だから俺には読めないけど」

「ありがとう。バスのなかで読んでみる」

「昭祐、気を付けて。俺は、ラカイン族を信用していない」

「大丈夫。タカもお坊さんだ。心配ないよ」

そう言いながら僕は、ラカインに行くことをアシン・ユーアに話したとき、ビルマ族である彼が静かに話してくれたことを思い出していた。

「先生、ビルマ族はラカインの人たちのことをこんなふうにいうことがあります。もし、夜の山道で野犬とラカイン族を見たら、ラカイン族を殺せと。それほど、ビルマ族とラカイン族は仲が良くないのです」

確かに、ラカイン州では根深い問題が起きていたことは事実だった。

二〇一七年の夏、「ロヒンギャの武装勢力による襲撃事件が発生し、政府が掃討作戦を開始」という報道が世界を駆け巡った。こうした情報は、誰からの視点で誰のために発信されたものなのかをよく考えなければならない。場合によっては、現場の真実とは無関係に既成事実が先に作られてしまうこともある。かつての日本軍の大本営発表を思えばわかりやすいのかもしれない。

ミャンマーは、表向きには民主化したといわれ、ヤンゴンやマンダレーのような大都市で暮らすだけなら平和が謳歌されているように見えていたが、実際には軍人が国会の四分の一の議席を握り、アウンサンスー・チー国家最高顧問が改革政策を行おうとしても、軍には事実上の拒否権が確保されていた。

メディアにおいても基本的には軍による情報統制がされていて、メディアが大本営発表であることを国民は知っていながら、信用できないことに関しては黙っているという不気味な状態だった。これがフェイスブックが使われる理由でもあった。国民は、政府広報のようなメディアからの情報より、自分たちの友人や親戚縁者から送られる写真や動画などの一次情報を信用したのである。

さらにロヒンギャ問題が複雑であったのは、地政学上の大国の思惑、歴史、民族、宗教、資源利権といった問題が複雑に絡む背景も関係していた。

ミャンマーの大多数を占めるビルマ族の仏教徒が、イスラム教徒が多いロヒンギャに差別的意識を持つという状態は、長い時間をかけて醸成されたものだった。軍に統制された情報は常に一方的だ。加えて庶民の感情的な口コミ情報にも差別的で過激な情報が飛び交っていた。

このミャンマー特有の混乱で誰が得をし、誰が本当の被害者だったのか。誰の仕業であろうと、目の前で家を焼かれた人は難民になる。目の前で親を殺された子どもは内戦遺児になる。それだけは事実に違いなかった。僕はそれを自分の眼で確かめようとしていた。

長距離バスの出発直前、車窓から見下ろすと、ラルフが半分泣きそうな顔で大きく手を振った。バスの行先は、単なる興味本位で行く場所ではないことを僕もラルフも承知していた。後から知り得たことだが、彼は僕が現地に着くまでの間、携帯電話を枕元に置き、もし何かあればすぐにでも自分のタクシーを飛ばして救出に行くつもりだったという。

ラルフは実弟と連絡を取り合っていた。彼には軍で少佐になっていた弟がおり、その弟を通して現地情報を集めていたのである。

後日それを聞かされたとき、ラルフに心から感謝すると同時に、この国でメディアの仕事をするには軍関係者との人脈がなければ難しいことをあらためて思い知った。現場で起きていることを見られたとしても、軍の情報に触れられない場合は、各地で軍に起因するほとんどの事件で背景にある因果関係まで見抜くことは難しかったのである。

ラカイン州へ向かう長距離バスは、庶民の国内移動でもっとも利用されていた。乗り込んだバスは、四十人程度は乗れる仕様で左右に二列ずつの席はしっかりしていた。空調もあって車内は快適だった。定刻に出発したバスは北へ向かって走り出した。高速道路も整備されてバスは安定した走行だった。日本でも長距離バスを利用したことはあったが、一度に二十時間乗り続けるは初めての経験だった。

数時間ほど走った後、カーテンを開けると窓の外の様子は一変していた。道路は舗装されていたが、一車線だけになっていて道の両脇に背の高い街路樹が並んでいる。道は広大な黄土色の荒地をずっと先まで真っ直ぐに延びていた。地平線の先に暁の光が見えてきた。

二日目の午前中は広々とした荒野が続く退屈な景色だった。僕はふと思い出してタカの手紙を取り出して読み始めた。それは、二枚の便せんにしっかりした日本語で書かれていた。

「國分昭祐先生へ

私が出家をしたのは十四歳のときです。地元の村の僧院で出家しました。

私が二十一歳のとき、父が病で亡くなりました。その後、私は日本語を学び始めま

した。私が日本語を使えるようになれば、いつか私は日本語学校を設立するなどして、日本語を学びたい若者たちに無償で日本語を教えたいと考えていました。しかし、そのころと今では状況は違っています。日本語を学び始めたころは内戦はあまりありませんでした。

今、ラカイン州では、内戦によって何の罪もない子どもたちの命や生活が危険にさらされています。私は、僧侶である自分に何かできることはないかと考えました。私は日本語を学び、日本語を使って仕事をして内戦で両親を失ってしまった子どもたちの支援をしたいと考えるようになりました。私は、日本語を使う仕事を通して、さらに学び成長し、そうして学んだことをミャンマーの子どもたちに伝えていきたいと考えています」

手紙を読み終わると、バスは長い山道を登り始めていた。

タカは、僕の出家が単に僧衣を着て瞑想の真似事をして帰ってくるだけなのか、それとも本気なのか、見極めようとしていた様子だった。そして僕の出家体験が終わると、彼は僕にラカインに来てほしいと言った。それは最初は軽い気持ちで誘われていると思って聞いていたが、手紙を読んだ後は、そうではなかったのだと理解した。

気が付くと、バスは険しい山道を登り詰めて大きな峠を越えようとしていた。

バスの揺れが止まったとき、外はすっかり夜になっていた。急にバスのドアが開き、武装した兵士が乗り込んで来た。軍のチェックポイントだった。これでラカイン州に入ったことがわかった。僕は持参した大小のカメラの中で大事なデータが入ったニコンＤ７５０だけは隠した。ケースから本体を取り出してビニール袋に無造作に包み、いかにも食べ残したごみでも入っているかのように足元に転がして置いたのだ。

兵士は車内をくまなく見て回り、僕と目を合わせると身分証明書の提示を求めた。僕はパスポートを出し、兵士は無言で確認していた。しばらくしてパスポートは戻された。この後、もう一度警察によるチェックポイントもあったが、それも無事に通過した。

こうして長距離バスの旅はようやくミャンマー西部の古都ミャウーに辿り着いた。バス停には、遠目でも精悍な体つきの僧侶が立っているのが見えた。笑顔のタカだった。

「昭祐先生、よく来てくださいました。ありがとうございます」

「おー！　タカ！　今着いたばかりだけど、すでに良い経験をした気がするよ」

「先生、ラカイン州で何が見たいですか？　どこでもご案内しますよ」

「ありがとう。それじゃあね、現地の子どもたちがどんな暮らしをしているかを見たいかな」

「ありますよ。わかりました。ご案内します。あ、でも先生。その前に、ラカイン族の服、買いませんか？」

「いいね。記念になるしね」

僕は内心、タカの気持ちに気付いていた。彼は一目で外国人とわかる服装の僕を連れ回すのは危険なので避けたいのだなと思った。

タカに連れて行かれたのは、現地のナイトマーケットだった。そのなかで、彼はこれを着ていればラカイン族に見えるという民族服を選んできた。それは白地に明るいオレンジ色のロンジーで、おそらく祭事に着る服装と思われた。しかし、周りにそんな綺麗な服を着てる人はいなかったので逆に目立つ気がしてならない。これでいいのだろうかと考えながらも、言われたままに着替えた僕は、その夜は彼の地元の僧院に宿泊した。

翌日、彼の先輩僧侶が自家用車を運転して迎えに来てくれた。

「トヨタのカルディナワゴンか。いい車じゃないの。でもお坊さんが運転してもいいの？」

「田舎だから大丈夫なんです」

基本的に僧侶は財産を持てないので、ヤンゴンではこうした姿は見られない。右ハンドルの日本車はその後輸入禁止になったが、ラカイン州では中央政府の法律は遵守されてはいなそうだった。

ともあれ、偽ラカイン人姿の僕は、二人の僧侶の案内でアラカン王国遺跡の観光に出発した。

アラカン王国は、千四百年代から三百五十年間、西部ビルマからベンガル湾一帯に君臨した王国で、欧州や中東との交易で栄華を極めていた。当時のポルトガルの文献に「黄金都市」と記載されたのは、ルビーやサファイヤといった大量の宝石がここで取引きされたことによる。

日本の武士を王の護衛に雇ったというのだから相当な国際都市だったに違いない。王国は千七百年代にビルマ王朝に滅ぼされるまで続いた。

最初に訪れたのは、シッタウン寺院という千五百年代に建てられた石作りの荘厳な寺院だった。幻想的な回廊に、八万体の仏像が今も何か唱えているかのように整然と並んでいる。

シッタウン寺院の向かいには、仏塔を護る城塞のように見えるダッカンゼイン寺院があり、僕たちは二つの寺院をゆっくり歩いた。

その場所は、一見して非常に文化的価値の高い場所であることが理解できた。ここにはヤンゴンで見るような煌びやかな装飾は一切なく、灰色の石と煉瓦だけの色彩だったが、それがまた本物らしさを強調していた。ただ、僕は少し違和感を抱いた。それは、これだけ立派な文化財なのに、その価値に応じた保存措置がされていないことだ。こうしたことも、ミャンマー中央政府と辺境の少数民族との間の溝が影響しているのではないだろうか。居並ぶ仏像たちから静かな抗議の声が聞こえたような気がした。

その日、最後に車で向かった先は深い山のなかの僧院だった。

門の近くまで行くと、わいわいと子どもたちの声が聞こえてきた。迎えてくれたのは、僧院の住職だった。彼の目の奥から強い理想と意志を感じることができた。一目で聡明なことがわかる。年のころは四十代半ば。自身の使命感に迷いのない自覚があり、無駄な時を過ごさないというオーラを持つ僧侶だった。

彼の話によると、この僧院には二百名の戦災遺児が暮らしているとのことだった。住職はその子どもたちを保護していた。このころは、世界中でロヒンギャ難民の報道を見聞きするようになった時期で、日本の外務省もこの地域への立ち入りには注意を呼び掛けていた。一般的な世間の理解は、ロヒンギャ側がミャンマー政府に抵抗していて、その報復でミャンマー政府側がロヒンギャを弾圧するという構図だった。ところが住職の説明はそうではなかった。

「この僧院に暮らす子どもたちは、皆あの山の村に暮らしていたラカイン族です。内戦による戦災孤児で、私はあの子どもたちに勉強を教えています。彼らが自立して生きることができるようにです」

「あの子たちの親御さんは、どのようにして亡くなられたのですか?」

「国軍に殺されたのです。国軍は村を焼き、あの子たちの目の前で父親を殺し、母親を襲いました」

「それは、ロヒンギャの問題と関係があるのですか?」

「それとは関係ないのです。あの村の者たちは、ベンガリーでもなく兵士でもなく、昔から平和に暮らす人たちでした。ただ、ラカイン族だっただけです」

ミャンマー人にとって「ロヒンギャ」という呼び名は存在しない。それは人道的な活動に身を捧げている僧侶にとっても同じである。彼らの言う「ベンガリー」というのは、ベンガル地方の人々という意味の呼び名だ。

かつて英国はビルマ王国を植民地化した。その英国が国境地帯に連れて来て残していった火種の民がベンガリーなのだ。ミャンマーのラカイン族の側からすれば、後からやって来たベンガリーを自国民とは認められなかったのだ。

ラカイン州では、先祖の時代の問題が解決されないまま、何世代にも渡って悲劇の連鎖が怨念となっていた。

海の側、つまりインド洋側での虐殺は世界のメディアに注目されていた一方、山の側でミャンマー国軍がラカイン族の一般市民を虐殺していることは内外のメディアでは報じられず、それは昔も今も闇のなかで行われていた。

ミャンマー政府がいくら否定しても、ロヒンギャ問題が世界史上稀にみる短期間で大量の難民を発生させている事実は国連に指摘されたとおりだった。

一方で、国軍による報道管制が暗黙の了解のミャンマーでは、国軍による少数民族への虐殺の事実は報道されない。

アウンサンスー・チー国家最高顧問は、ロヒンギャの問題を放置した責任を西側メディアに問われている。しかし、内実はそんな単純なものではなかった。法的な拒否権も行政の主導権も国軍に握られ、自国民を虐殺しながら報道されない国軍と駆け引きをしなければならない厳しい国家運営に苦しんでいたのである。

僕が訪れた僧院には、ミャンマーの闇を知る戦災孤児という生き証人たちが暮らしていた。

流暢な英語を話す住職とどれくらい話し込んだだろう。その間、タカも先輩僧侶も一言も口を挟まなかった。一時間以上話し込んだ後、唐突に立ち上がった住職は、僧院の鐘を鳴らし始めた。すると防災櫓の鐘のように、僧院中の子どもたち全員があちらこちらから講堂に集まってきた。講堂といっても壁はなく、屋根と柱と床がある広い東屋だったが、あっという間に子どもたちで埋め尽くされた。

気が付くと、ほかの僧侶たちも集まって講堂の入口付近に整列していた。そして住職はよく通る声を発した。僕は、状況が掴めなかったので思わずタカに聞いた。

「住職はなんと言ってるの?」

「みんなにこの日本人の話を聞けと言っています」

「え? 何? 僕が話すの? みんなに?」

「はい。全員にです」

そしてタカはおもむろに声を張り上げて、子どもたちに向かって何やら話し始めた。その素振りから、どうやら僕のことを紹介しているらしい。たぶん、日本から来た人で、ビルマ僧にもなった仏教徒だとでも言っているのだろう。

「それでは、先生、話してください」

ぜんぜん説明はなかったが、突然、自分が教育番組のゲストのような位置に立たされていることだけは理解できたので、後はなるようになれと、僕は話し始めた。

「ミンガラバー！（こんにちは！）　初めまして私は、日本の仏教徒です。突然伺って申し訳ありませんが、今日は、皆さんのことをいろいろ教えてください」

子どもたちは小学校の一年生から六年生くらいまでいろいろだったが、小さい学年の子どもたちは前のほうに膝を抱えて座り、後方には高学年の子どもたちが立っている。おそらく初めて見る日本人が珍しいのだろう。さらにタカが呼び掛けた。

「みんな、日本の先生に、何か聞きたいことはありませんか？」

小さな子どもたちはくすくす笑いながら、大きな子どもたちは近くの仲間であれこれ話しているようだ。そしてあちこちから手が挙がってきた。

「先生は日本のどこに住んでいますか？」

「私の家は、東京のとなりの神奈川です。鎌倉の大仏があるところです」

即席の課外授業は和やかに始まったが、一番後ろから手を挙げた高学年の男子の質問で空気は一変した。

「ラカイン州は戦争しています。日本の政府はどうしてミャンマー国軍を止めてくれないのですか？」

住職と僧侶たちも真剣な眼差しで僕を見つめていた。

「日本政府はミャンマー政府に公式な非難と抗議をしています。しかし、ミャンマーの問題にミャンマー政府を飛び越えて日本政府が何かすることはできないのだと思います」

「僕はお母さんを国軍の兵士に殺されました。僕は大きくなったら銃で国軍兵士を撃ちます」

「ほかのみんなもそう思っていますか？」

小さい子どもたちは、周りを見回すだけでどう反応してよいかわからない様子だったが、後ろのほうで立ち見をしていた高学年の子どもたちは何人かが手を挙げた。

住職とも目が合った。もはや僕も覚悟を決めて言葉を選ぶしかない。

「みんなのお父さんやお母さんが、国軍に殺されてしまったことは知っています。僕にも日本に皆さんと同じ小学生の子どもがいます。もし僕が死んでしまい、僕の子どもが皆さんと同じようにここにいたらと考えてみました。今、ここにお父さんやお母さんの身体はありませんが、皆さんのお父さんやお母さんの魂は、この僧院で皆さんを見守っていると思います。僕ならそうします。みんなのお父さんやお母さんは、みんなに銃をとって敵を討ってほしいと思ってはいないと僕は思います。僕ならそう思う。ご住職は、みんなに勉強を教えられています。勉強をしたら、国軍の兵士よりも、ミャンマー政府の偉い人よりも、日本人よりも、英国人よりも良い仕事を選ぶことができるようになるかもしれない。たくさん勉強をしたらその分、幸せになれる。きっと、お父さん、お母さんはそれを望んでいるのではないかと思います。僕も同じ立場なら、そう思います」

僕は住職に忖度（そんたく）して、日本人の僕から子どもたちに言ってほしかったことを話したのかもしれない。でも、本音だったことは確かだ。本音をぶつけてきた相手に対して、本音で話すことは礼儀だ。

しかし、もし僕の両親が眼の前で殺されて、自分が仮に遺された子どもだったら、僕は親の仇討ちをするだろう。僕はそのもう一つの本音は話すことはできなかった。

僧院を出るとき、住職は最後にこう言った。

「あなたがメディアに関わる仕事をしているのなら、この子どもたちのことを世界のメディアに伝えてほしい」

住職の真剣な瞳は僕を射るように見つめていた。

「わかりました。必ず伝えます」

僕は、約束をした。

この後、僕はこの約束を守るために全力を注いでいくことになる。この日の出来事は、僕にとってターニングポイントとなった。

後に、僕はこの寺の子どもたちへ衣服を贈った。しかし、その後、この地域はことごとく空爆されている。スマートフォンのアプリケーションで確認した写真には、焼野原しか見えなかった。贈った衣服は燃えてなくなってしまったかもしれない。

翌朝、タカと彼の先輩僧侶は、僕に話があると言ってきた。

「昨日、私たちは話し合いました。昭祐先生をどこに連れていくべきかをです」

「どこに行くことになりましたか？」

「私たちは、今日、難民キャンプに行きます。先生と一緒にです」

「ぜひ、お願いします」

その難民キャンプは、外国人の僕を連れていくことは困難な場所だった。なぜなら秘匿されたラカイン族の難民だけが暮らす場所だったからである。どうやら、昨日の僕と住職とのやりとりを聞いていた先輩僧侶は、僕を信用することにしたらしい。先輩僧侶は、この朝、もう一人かなり年配の僧侶を伴ってやって来た。

現れた年老いた大先輩僧侶は華奢な体格でほっそりとした静かな老人だったが、定期的にラカイン族の難民キャンプに支援物資を届ける精力的な活動をしていた。この日、三名の僧侶と偽ラカイン人の僕の四人組は、早朝から市場に買い出しに向かった。難民キャンプに届ける食料や飲み物の購入だというので、今回はその費用は僕から寄付させていただくことにした。幼い子どもたちも大勢いるとのことで、駄菓子屋のような店でお菓子も大量に買い入れて車に積み込んだ。


二時間ほど走っただろうか、車は川沿いの埋め立て地のような場所で停まった。

車を降りて徒歩で進むと、道路から一段低くなった場所に難民キャンプは設置されていた。いくつものテントが長屋のように連なっていた。テントというよりは、工事現場の足場のように組まれた竹製の柱にブルーシートで屋根や壁が張られていただけだ。高床式になってはいたが、これがこの国の豪雨に果たして耐えられるものかどうかは疑問だった。

周辺は五歳くらいの子どもたちが大勢走り回っている。大人といえば赤ちゃんを抱いている母親か老婆ばかり。おそらく千名以上が暮らしている。キャンプの手前に軍幕があり事務局が設営されていた。なかは野戦の作戦本部のようで、支援物資のリストや避難民の発生地区、人数などが張り出されている。

僕たちは早速その野戦本部に支援物資を届けた。運営スタッフが迎えてくれて、何やら文章の書かれた書類とペンを手渡された。支援物資の提供者自身が記入し署名する記録用紙だった。僕は本名でサインをした。振り返ると、食べ物が届いたと聞き付けた子どもたちや、赤ちゃんを抱き上げた老婆たちが集まって来た。人数は三百名程度いただろうか。

僕と三人の僧侶は、群がる子どもたちに手分けしてお菓子や食べ物を配った。僕は途切れることなく伸びてくる子どもたちの手にお菓子を渡しまくった。そして、お菓子を握りしめる子どもたちの手や子どもたちの笑顔を、持参したカメラで数えきれないほど撮影した。

このとき撮影した写真に写っていたのは、世の中に存在していないことにされている子どもたちの姿だった。彼らは、自国の軍隊に迫害された少数民族であり、報道されることのない〝難民にもなれない子どもたち〟だった。僕はせめて、彼らが難民認定されてほしいと願った。

その後、ラカイン族の難民キャンプから帰る車のなかで、年長の大先輩僧侶に聞かれた。

「あなたはラカイン州を実際にご自身の眼で見た。あなたにはどう見えましたか？」

「ラカイン州は、素晴らしい歴史を持っていて、とても美しかったです。そして、皆さんは、ミャンマーのほかの地域の皆さんと何も変わらない普通の人たちでした。メディアで報道されているのはラカイン州の海側で起きていることだけで、山の側で起きていることを何も伝えられていないことを知りました」

「どうか、あなたが見たままを世界に伝えてほしいのです」

「わかりました。私はかならず伝えていきます。お坊さんに質問してもよろしいですか？」

「どうぞ」

「この国で起きている内戦を、ビルマ仏教は、ビルマ僧にはもう止めることはできないのでしょうか？」

年長の僧侶は、ただ、僕の眼を静かに見つめた。何も言葉を発しなかった。彼も僕も「サフラン革命」とその後のことについては知っている。

二〇〇七年、国民の尊敬を集めるビルマ僧が中心となり、ヤンゴンなどで総勢十万人規模の僧侶によるデモが展開された。それはクーデターで実権を握った国軍に抵抗するためのデモで、参加した僧衣の色から「サフラン革命」と呼ばれた。このことは、デモ中に日本人ジャーナリストが射殺されたことで日本でも報道されていた。

ミャンマーは当時と何も変わっていない。海も、山も、国軍が自国民を虐殺することも変わっていない。それに対して誰も何もできないことも。変わったのは、人の記憶だけが薄れていったことだけだった。年長の僧侶の目は、そう語っていた。

翌朝、僕はヤンゴンに戻ることにした。

このころ、僕の持つミャンマーに滞在できる査証は期限が迫っていた。僕は一度帰国して査証を取り直す必要があった。滞在可能日程に余裕がなくなっていた僕は、帰りは長距離バスではなく、空港のあるシットウェーという町まで車で送ってもらうことにした。帰路を飛行機にした理由はもう一つあり、あの難民キャンプで撮影したデータを持って軍警察のチェックポイントを越えるのは危険だという判断があった。僕はカメラからＳＤカードを引き抜いてスーツケースの奥に入れてから飛行機に乗った。

僕は見てはいけない風景を見てしまっていた。それをはっきり悟ったのは、ヤンゴンに着いて、情報誌の編集長をしていたミャンマー人の友人に、ラカイン州で撮影した写真データを見せたときだった。データを見た瞬間に彼女の顔色は青ざめた。

「これは危ない。この写真を持っていることがわかったら、あなたは終わりよ」

僕は、写真データを見せたことだけでも相手に迷惑を掛ける可能性があることを理解した。そして、データを複写して保存した後、オリジナルデータを持って僕はすぐに日本に帰国したのである。

一時帰国した僕は、日本の新聞社やテレビの報道番組の記者に写真データを見せて回った。

しかし、写真だけでは理解してもらえなかった。そもそも一般の日本人に多民族国家ミャンマーの民族の違いを見分けてもらうというのは、さすがに無理があった。六本木に本社を置く、民放で全国的に人気の報道番組「報道駅舎」記者の反応も冷たかった。

「いやあ、うちじゃ静止画だけだと無理ですね。動画の白素材でないと厳しいな。そもそも、政府の軍隊が自国民を虐殺する意味がわからないし。とりあえず、今後ミャンマーで問題があれば國分さんからの素材は会議に上げるようにしますよ」

報道といえども民間企業が行っている事業である。視聴率の取れるニュースを考えた場合、日本人や日本の生活に利害関係がなければならない。それ以外のものは基本的に関心を持たれないのが実情だ。ミャンマーの映像素材が番組に取り上げられるのは、一年先のミャンマーの軍事クーデターまで待たねばならなかった。

そして僕は、再びミャンマーへ向かう荷造りを始めた。今回の荷物は多い。ラカインの難民キャンプの子どもたちに贈る衣服、ハイビジョン放送に耐えられる撮影のできるキヤノンの業務用小型ビデオカメラ、それに居合刀を一振り荷物にまとめていた。刀は、日本文化の紹介にも役立つためだったが、どこかお守りのような期待をしていたのかもしれない。

とにかく僕は、ミャンマーで起きている問題を伝える発信基地となるような本格的な現地法人を設立しようと決心していた。ラカインの僧侶との約束は、仏の使いとの約束。必ず守らねばならないと誓っていた。

第2章　流血のZ世代

タカの還俗

成田空港へは時間に余裕を持って行ったはずだったが、荷物を預けるカウンターで僕はかなり時間を要してしまった。問題になったのは、刀だった。居合刀は模造刀であり真剣とは材質が違う。ところが刃の材質以外の拵え（こしら）という装飾は岐阜の関の刀工職人によるもので一般の人には見た目では本物と見分けがつかない。気が付くと空港の警察官三名が僕を取り囲んでいた。

「すみませんが、こちら真剣かどうか確認させていただけないでしょうか？」

「わかりました。これでよろしいですか？」

この時点で、僕は、成田空港のカウンター前で日本刀を抜き放ち、三名の警察官に取り囲まれている人、という状況になっていた。どう見てもアウトな感じがしたが、警察官は磁石を取り出すと刀に当てて、それが鋼（はがね）でできていないことを確認すると三人は笑顔で敬礼をした。

「ご協力ありがとうございました」

とにかく、刀は飛行機には載せてもらうことができた。窓側の席に着いて携帯の電源を落とそうとした直前、タカからメッセージが入った。

「先生、いつミャンマーに来ますか？　私は、先生の帰りを待っています。私はお坊さんを辞めようと思います。でもその前に先生と話してからにします」

僕が日本に帰った一ヵ月の間、ミャンマーの時間が止まっていたわけではない。国境地帯にはいくつもの有力な少数民族が、今もミャンマー国軍と内戦状態にあるのが現実のミャンマーだった。その対処について欧米から猛烈に批判されていたアウンサンスー・チー女史は、夫が英国人だという理由で大統領職に就くことが許されず、党の法律顧問だったコーニー氏の尽力で「国家最高顧問」という立場を創設してようやく国家の指示系統を統制していた。

ヤンゴン国際空港に着いたときは、土砂降りだったが、もはやそれもヤンゴンらしくていい。空港を出る前のゲートに着くと、僕は警官に呼び止められた。そして武装警察の一人が、周囲の仲間に呼び掛けた。

「おーい、みんなちょっと来てくれよー」

呼び掛けた警官も集まってきた数人の警官も肩から自動小銃を吊り下げている。

「みんな見てくれよ。日本刀を持って来てる人いるよ！　テロがあった空港だってのに」

彼らのビルマ語のすべてはわからなかったが、こんなときだけはなんとなくわかる。そのとき、確かに僕が立っていたゲートは、アウンサンスー・チー国家最高顧問の盟友コーニー氏が三日前に暗殺された現場だった。警官たちが騒ぐのも無理はない。

「あなた、これは？」

「はい。わかってます。確認したいのでしょう？　ちょっと待っててくださいね」

僕は日本語でつぶやきながら素早く刀の包みを解いていた。頭のなかでは、また誰かが磁石を持って来てくれるかなと思っていたが、ここはヤンゴン。そんなはずはなかった。

「はい、これでどうですか？」

僕が、居合刀の鯉口を切り、真横に抜き払おうとした瞬間だった。その場の武装警官の全員が僕に銃口を向けたのである。僕のこめかみや胸に向けられている自動小銃はH＆K－G３のようだ。引き金を引かれたら、ひとたまりもない。僕は、柄に置いた手を動かさずに叫んだ。

「いや待った！　君たちはこれを見たいんじゃないのか？　違うの？」

「それを置け、抜いたら撃つぞ！」

「いやいや落ち着いて！　抜かないと本物でないことがわからないんじゃないの？」

不毛な会話だった。成田空港も好ましくない状況だったが、ヤンゴン国際空港での状況は最悪だった。とにかくお互い落ち着こうということで、僕は抜きかけた刀を鞘に収めた。内心、居合はこの距離では最強ということを彼らも知っているんだなどと暢気なことを考えながら、日本刀が本身かどうかを磁石で調べるなんてことは、ミャンマー警察が知っているはずがなかったとやっと気が付いた。

ゲートの外では、ラルフが心配そうな顔で待っていてくれた。

「昭祐！　まったく、何やってるの！　大丈夫？　荷物はこれで全部？」

「すまん。いやびっくりしたわ。でも大丈夫。とりあえず、事務所に行ったら、アシン・ユーアのところへ挨拶に行こう」

「ＯＫ。さあ乗って」

雨季のミャンマー特有の激しいスコールは、始まると二十分は降り止まない。その間は隣にいても声も聞こえないくらいの爆音の豪雨だ。ラルフが運転するトヨタのプロボックスは豪雨に耐えながら走った。

スコールが始まると街中がコイン洗車機のなかに入ったような状態になる。雨が上がればこの街はさぞかし綺麗になっているのではないかと思うのだが、なぜかそうはならない。排水の技術の問題かもしれないが、ヤンゴンのスコールは、街中の弱いところを叩き壊して散らかしてしまう容赦のない豪雨だった。

ヤンゴンに帰って来て、すぐにやるべきことは三つあった。

最初は、出家をさせてもらったサンチャウンの僧院に向かい、師匠と兄弟子のアシン・ユーアに挨拶に行くこと。タカの還俗についても相談したかった。

次に、タカの僧院で彼の話をきちんと聞くこと。ミャンマーでは出家をすることは尊いことだが、同時にその逆の出家僧の還俗を手伝うことは、悪魔の手助けをするようなものだという考え方もあったのだ。

最後は、ニンの代わりの通訳を探すこと。僕はヤンゴンでの仕事を本格的に展開しようと考えていたので、通訳の確保は必須条件だった。

僧院を訪ねると御住職とアシン・ユーアは、再会を喜んでくれた。

ご挨拶の際は、昼食前の時間を見計らい、ミャンマー料理や果物を持参した。これらを奉納して僧侶たちが食べ終わるのを待ってから、僕はいろいろと相談をした。

ただ、タカの還俗については御住職の前では簡単に話せなかった。

アシン・ユーアにはどんな話をしても問題はなかった。彼はタカの良き理解者でもあった。彼はラカイン族のタカが故郷の内戦で困窮している子どもたちを経済的に支援したいと考えていることも承知していた。タカがヤンゴンで仏教の高等教育を受けた僧侶であることも良く知っている。内戦に対してビルマ僧としてどう考え、どう行動するべきかも彼は熟知していた。だとしても、僧侶であるアシン・ユーアの立場では、タカに還俗を勧めることはできないのだ。ひとしきり話した後、僕はタカの僧院を訪ねることにした。


タカが暮らす僧院はヤンゴンの郊外にあった。

僧院の門前で僕を待っていてくれた彼は、いつものとおり笑顔だった。彼の僧院は大きい。年期の入った廊下も趣のある雰囲気を醸し出している。僕は最初に御住職と御本尊の法座にご挨拶に行った。彼の先輩僧侶にも挨拶した後、念のためほかに声の漏れない場所で僕たちは話し込んだ。

「昭祐先生、僕はやはりお坊さんを辞めます。もうこれ以上、ラカイン州の子どもたちを放っておけない」

「あの子たちは元気にしてるか？　あのお坊さんは？」

「今はみんな元気です。でもこれからはわかりません」

「僧侶を辞めて、これからどうするつもりだ？」

「日本語を生かして仕事を探します」

「どんな仕事を？」

「わかりません。私は働いたことはありませんから。でも車の板金の仕事とか、なんでも頑張ります」

「当てはあるの？」

「何にもないです」

「どうしても辞める？」

「私は働いて、ラカインのお寺にお金を送ります。そうしなければなりません」

「決めたのか？」

「昭祐先生がいいと言ってくれたらそうします。先生に会ってから決めたかったのです」

「僕にそう言ってほしいんだね。僕は地獄に落ちちゃうかもしれないな」

「大丈夫です。これは、僕が決めたことですから」

「わかった。仕事の紹介先には当てがある。面接してだめだったら最後は僕の仕事を手伝ってもらう方法もある。ただ、それは最後の手段にしよう」

「昭祐先生、ありがとうございます」

「辞めるときは辞め方が大事だろう。還俗するとなれば、お世話になった御住職や僧院にしっかりご挨拶するんだよ」

「はい」

僕は、外で待ってくれていたラルフの車に乗り込んだ。タカは僧院の門の外で車が見えなくなるまで見送ってくれた。彼の姿が見えなくなってから、僕はグローバルホテルの堀部社長夫人に電話を入れた。

「國分です。例の件です。やはりお願いしたいのですが、一度面接をしていただけないでしょうか？ はい。年齢は二十五歳です。日本語は二級ですがかなり話せます。ただ僧侶しか社会経験はありません。還俗すれば住居も衣服も現金も何も持っていない状態になりますが、そこは僕のほうでもお手伝いします。いかがでしょうか？」

「わかりました。堀部には私からも話しておきます。日本語のできるスタッフは私たちも必要ですし、社員寮はありますから衣食住も問題はないでしょう。國分さんの紹介ですから、普通のスタッフでなく社長室で私たちの傍において、お手伝いしてもらうのがいいかと思います」

「感謝します。履歴書を持たせて連れていきますので、ご都合の良い日時を指定してください。

本当にありがとうございます」

　後日、タカはグローバルホテルのスタッフに採用された。ただ、残念だったのは、彼はヤンゴンの僧院の住職や先輩僧侶に挨拶をしていなかった。逃げ出したのだ。どうやら僕は悪魔の手助けをしてしまったようだ。ビルマ僧の本心や考え方は、日本人に簡単にわかるものではない。これが本当に良かったのかは、もっと後になってからでないと、わからないのかもしれないと思った。

輝く若竹

　新たに通訳スタッフとして厳選した候補者の面接は、バハンにあるモヒンガー社に置かせてもらっていたデスクで行うことにした。約束の時間に来てくれたのは、綺麗なロンジーに身を包んだ小柄な若い女性だった。スタジオを見渡しながら、仕事の内容を想像しようとしているようにも見えた。スタジオの奥の角に置かれた僕のデスクの前に来て、流暢な日本語で自己紹介した彼女の声はハスキーボイスだった。

「こんにちは。私は、チーピャーといいます。初めまして」

「来てくれてありがとうございます。國分です。どうぞお座りください」

チーピャーはビルマ族の二十五歳。好奇心旺盛そうな瞳には力がある。出身はヤンゴンの北東七十キロほど離れたバゴーという州都だった。バゴーはマンダレーやバガンと並ぶミャンマーの古都として知られ、映画『ビルマの竪琴』でも描かれた美しい町だ。僕は、チーピャーを通訳兼事務員として採用した。

こうして、ヤンゴンの仕事もなんとか再開の目途が立った。

事業をしていると、なぜか人を雇い入れたタイミングで仕事が入ることがある。『ビルマの歩き方』のレップ契約の話が舞い込んだのは、まさにそんなタイミングだった。それは独占契約とまではいかないが、『ビルマの歩き方』に広告を入れることができる優先的な代理店契約だった。

僕はこの機会に、これまでの個人事業主の状態から、正式な現地法人の設立に動き出すことにした。小規模でも現地の法人格を持てば、ミャンマーや日本の媒体各社とコンテンツのやり取りがしやすくなる。そうすれば、大手メディアを介してミャンマーの実情を世界に伝えることもできると考えたのだった。

しかし、軍政府下のミャンマーでメディア事業を申請するということは軍にマークされることを意味していた。特に問題となるのがＣＥＯを誰にすえて登記するかだった。軍政府の本質を知りぬいているミャンマー人は、外資系のメディア企業をミャンマー人が手伝うことの危なさをよく理解している。いずれにせよ現地の人に迷惑を掛ける可能性があり、役員構成は慎重にならざるを得なかった。

ようやくＣＥＯを引き受けてくれたのは、翻訳作業をしていたアンジーという女性だった。年齢は二十代後半。落ち着いた雰囲気でもう少し年上に見える。高い日本語能力に加えて英語も話した。仕事の場では厳しい表情しか見せなかったが、毎週末にシュエダゴン・パヤーでのボランティア活動をするときにはまったく別の柔和な表情を見せた。そんな彼女のギャップは魅力的で、僕はこの人ならと思ってお願いした。いずれ日本に行くつもりだったアンジーは、ミャンマーと日本の懸け橋となる仕事の経験を積み上げておきたいと考えたらしい。アンジーがＣＥＯを引き受けてくれたことで、なんとか新会社はスタートした。

登記は、ＣＥＯにアンジー。ＧＭは僕。総務部長はラルフ。事務がチーピャーだ。後にアンジーが親戚の若者でマンゾー君を助手として連れて来て経理スタッフに加えた。

初の社内会議はシュエダゴン・パヤーの境内にある菩提樹の下で行うことになった。その場所に決めたのは、アンジーが毎週末に泊まり込みでシュエダゴン・パヤーの掃除をするボランティア活動をしていたからである。五人は車座になって話し合った。それぞれの夢や、どんな会社にしたいか、何をすべきか。僕たちは今後の展望を大いに語り合った。

それからの数ヵ月、僕たちは一丸となって猛烈に働き、あっという間に時間が流れた。それは、今振り返っても一番楽しかった時期だった。

最初の仕事は、事務所の移転だった。人数が増えたこともあり、心機一転して拠点を移すことにしたのである。新事務所に決まったのは、シュエダゴン・パヤーのすぐ近くの物件だった。階段で五階まで上らなければならなかったが、僕はとても満足していた。窓から大きくシュエダゴン・パヤーが拝謁できたからだ。

新会社の社名は、「ゴールデン・バンブー」とした。要するに「黄金の竹」である。黄金のパゴダの菩提樹の下で輪になって話し合うミャンマーの若者たちを見ていると、僕は彼らに竹のように真っ直ぐに生きてほしいと思った。社名には僕のそんな気持ちが反映されていた。

そして二〇一九年十二月。「ゴールデン・バンブー株式会社」は、純粋なミャンマー法人として発足した。雨季が明け、美しい朝陽（ちょうよう）がシュエダゴン・パヤーを照らす季節だった。

会社の基本的な管理部門が確立すると、営業面もこれまでの顧問契約や広告代理店契約からさらにもう一段ビジネスのレベルを引き上げることを目指していた。

具体的には日本とミャンマーのテレビ局を繋ぐビジネスモデルだった。日本の古いアニメーションをミャンマーのテレビ局での放映を橋渡しする作業であり、コンテンツの貿易事業だ。放送事業は許認可制。ミャンマーでも電波は政府に管理されている。国が保持する一局から複数に分配しているので、その許認可が得られるのも失うのも政府の考え方次第だった。

ミャンマーには、ミャワディという国営放送があり、報道、スポーツ、ドラマ、バラエティまでそれぞれ個別のチャンネルを有していたが、その根は一緒で、軍の管理下の放送局だった。それ以外に民放は数局が存在した。

そんな状況で新たに許認可を得た民放局にＤＶＢという異色の放送局があった。地元の関係者からＤＶＢのディレクターを紹介されて会うことになったのは、ヤンゴンのタームエのビヤガーデンだった。未だ三十代前半のＴＶプロデューサー、アウン・トンはビールをよく飲む知的で気さくな男だった。

「日本のコンテンツを持って来れるって？」

「日本の古いアニメで安く出せるリストがある。日本の昔のアニメには楽しいだけじゃなくて、見てるだけで子どもたちに人として大事なことを教える教訓もある。そういうの、ミャンマーの子どもたちに見せたいでしょう？」

「その分野、うちにはなかったし、この国に教育が一番必要なのは間違いない」

「それに、君たちとやりたいのはそれだけじゃない」

「そっちも聞きたいね」

「七十年以上前のほんの短い間、日本とビルマは深い信頼関係があったはずだよね」

「ドラマ?」

「映画はスズキの資本で大作が撮影されてるね。ドラマは別途企画を考えてる」

「じゃ、ドキュメンタリー?」

「日緬合同でできないかな?」

「うちも長編ドキュメンタリー枠を持ってない。それ、上司に話そう」

それから二人でミャンマービールを何本も空けて話し込んだ。

翌週、アウン・トンはDVB役員にアポをとって局舎で待っていてくれた。

DVBの本社兼放送局はダウンタウンにある普通のマンションだった。スタッフルームには大勢のディレクターやエディターが一緒に机を並べて編集や配信をしていた。スタジオも狭いスペースを工夫してセットが造られていた。

覗かせてもらった小さな報道用のスタジオでは、ソニーの小型業務用ビデオカメラが三機設置されていた。この局のメインカメラだ。壁の背景が二枚用意されていて一枚には英語で、もう一枚にはビルマ語で「選挙報道二〇二〇」と大書されている。一年後の国政選挙に備えた選挙報道専門のスタジオだった。アウン・トンは局内を案内してくれた後、最後に役員室に入り、ここで待てという。僕は、アンジーと二人で役員を待った。

デモクラシック・ヴォイス・オブ・ビルマの頭文字をとった民放DVB(ビルマ民主の声)は、

役員全員が反国軍の活動家であり、かつて全員が国外追放されたメンバーだった。国軍政府にミャンマーを追われた彼らは、一九九二年にノルウェーのオスロに本部を置いて放送局を立ち上げ、二〇〇五年に衛星放送を開始。世界で唯一、真実のミャンマーを発信してきた筋金入りのジャーナリスト集団だった。

やがて民主化の進んだミャンマーになってようやく本部をヤンゴンに置くことが許されたが、元々非営利組織が母体だったこともあり経営面は大変だった。ミャンマーで起きている社会問題を知り尽くしている彼らと戦争を知らない日本のメディアを繋ぐことは簡単でないことはわかっていたが、まずは接点を持つことで何かその先に繋げられたらと願っていた。

それから半日。ＣＥＯ、営業担当役員、編集統括役員の三名が入れ替わり立ち代わりやってきて僕たちは話し合った。

ついに本物の仕事が始まりそうだと僕の胸は高まった。この後、僕たちはＤＶＢには何度も足を運び、ＣＥＯ以下チーフプロデューサーから現場ディレクターまで打合せを重ねていった。長編ドキュメンタリー製作の話は未だ準備期間が必要だったが、先にコンテンツ事業としては日本から民放で有名なアニメ番組を制作していたプロデューサーを連れて行くなど、僕たちはいよいよ具体的な計画に入ろうとしていた。

このころのＤＶＢ上層部は、選挙前の今が嵐の前の静けさのように、アウンサンスー・チー国家最高顧問とＮＬＤ（与党国民民主連盟）幹部議員が、国軍幹部と水面下で激しいせめぎ合いを始めていたことは掴んでいた。しかし、中国の武漢で大変な事件が起きていたことまでは、さすがのDVBも気付くことができなかった。

強制帰国

二〇一九年冬、中国で新型コロナウイルスの感染者が突然発表された。その日は、かつて真珠湾攻撃が行われた十二月八日だった。当時、情報が乏しかった日本では、年が明けた一月になっても疑心暗鬼だったが、ヤンゴンの事務所には台湾政府の友人を介して早くから情報が入っていた。二月にクルーズ船が横浜港に戻ると、日本は蜂の巣をつついた大騒ぎになった。パニックはすぐにヤンゴンに残っていた日本人社会にも伝染した。

僕も帰国を考えなければならなかった。

ヤンゴン—東京間の航空券が二十倍の値段になるなど混乱するなか、いろいろと手を尽くした後、ようやく僕の帰国は決まったが、次にいつヤンゴンに戻れるかはわからない。僕は挨拶しておかねばならない人たちに連絡をしていた。

そんななか、モヒンガー社の古町GMには帰国する気配がなかった。そこで僕は、彼に二つの大事なモノを預けることにした。一つは居合刀。もう一つはビデオカメラだった。刀を手渡すときは、古町ＧＭへの感謝やヤンゴンを離れる哀しさが込み上げた。

そして、いよいよ僕のヤンゴン最後の日がやってきた。

イミグレーションに向かうエスカレーターを見上げたとき、上から全日空の支店長が一人で降りてきたのが見えた。支店長自ら、空港で問題が起きていないか見て回っているのだ。当時の空港は何が起きてもおかしくない、まさに戦時中という雰囲気だった。

飛行機は無事に離陸した。先ほどまでの雨は降り止んでいた。窓から見下ろすヤンゴンの街は美しかった。そして、それがヤンゴンの街の見納めになってしまった。


帰宅すると幸い家族も無事だった。子どもたちは学校が長期の休みになり、地元の子ども会では低学年の児童を持つ親御さんは大変そうだった。僕の脳裏には、ミャンマーの内戦で孤児となった子どもたちの顔が浮かんだ。つい、平和な日本の子どもたちと比べてしまう。大混乱で帰国したが、祖父の時代の戦地からの引き揚げに比べたらきっと何でもないことなのだろう。

僕はコロナが収まれば、ミャンマーの子どもたちの問題に取り組みたいと考えていた。ところが一向に収まる気配は見られなかった。やがて日本も梅雨になり、僕はビルマ戦線関連の本を読み漁って過ごしていた。特にビルマ解放から独立に至る経緯や、インパール作戦に関する資料などを読みふけった。文献によると、当時、ビルマの作戦は陸軍中野学校の主導で、早い段階から陸軍だけでなく海軍との協力、特に海軍軍属の民間人を加えた特務機関を設置して、当時としては稀な陸海共同作戦だったことが読み取れた。

そして、資料を読み込むほどカレーミヨで実際に見た風景が目に浮かんでくる。

あのとき、途中で引き返した道は、インパール作戦時の三つのルートのうち、おそらくビシンプール方面の南道ルートと思われた。その道を歩兵連隊や山砲兵、工兵、野戦重砲兵、戦車連隊を擁していた第三十三師団が進んだのだろう。あの道は確かに途中までは広く、軍隊が通ることも可能に思えた。そしてその先は日本軍と英軍が熾烈を極めた攻防が行われた戦場だったのだろう。そんな想像をしながら晴耕雨読の日々は過ぎていった。

祖父の手帳

やがて夏に入り、お盆の時期になった。この年の終戦記念日は、亡き母、國分梅乃（こくぶうめの）の十七回忌の法要があり、久々に親戚一同が顔を合わせた。コロナ禍だったので実施できるか危ぶまれたが、最後の機会になるかもしれないという高齢の親戚の希望で法要は実施された。

法要の行われる本堂の奥に本家のトキさんが見えた。もう九十歳を超え、白髪で車椅子だったが、ゆっくりなら話はできる。僕は真っ先に挨拶に行った。

「ご無沙汰しております」

「梅乃の息子か。外国にいたって？」

「ミャンマー、あ、ビルマです。ビルマのラングーンにいました」

「……やはり縁があるんだね」

「はい？」

「梅乃のお父さんも、ビルマから帰ってきた人だったんだよ」

僕は不意に祖父・國分昭佐の話が出てきたことに驚いた。

「祖父は幼いころにしかお会いできてなくて。記憶もぼんやりなんです」

「そう。まあ、男衆は昔のことを話さないからね」

「何か覚えておられますか？」

「國光（くにみつ）はどうなったのかと、雪乃さんが気にしていた」

「その國光さんというのも本家の方ですか？」

「國光は人じゃない。刀のこと。このくらいのね」

トキさんは、手と手で三十センチくらいの長さを作ってみせた。丁度そのとき、法要が始まる時間になってしまい、皆は席に着き始めた。

通常は法事の後に会食の場が設けられるが、コロナ禍でこのときは墓参をして解散になった。

僕はトキさんの話をもっと聞きたかったので、法要の後、トキさんをご自宅に送る役目を申し出た。

本家のトキさんの家は、真鶴半島の山の上の古民家だった。

通されたのは、かつて大家族が暮らした名残がある大きな部屋だった。昔は家の梁に何本も槍が飾られていて、大小の刀が掛けてある床の間の引き出しにはたくさんの刀の鍔（つば）が真田紐に通してあった。幼いころの僕はその刀の鍔を投げたりして遊んだ記憶があった。

「これが、國光」

トキさんが持ってきたのは一枚の写真だった。

セピア色の白黒写真で、祖父の昭佐と思われる青年と少年の僧侶が並んで立っていた。祖父は何かを少年僧に手渡しているようだ。よく見ると、それは短刀だとわかった。写真の裏には薄くなった墨で「昭和十六年　緬甸（ビルマ）」と書かれていた。

「これは、戦後に昭佐が持ち帰ったものでね。それに、これ。残ってるのはこれくらいでね」

トキさんは、昭祐に小さな手帳を手渡した。

「この手帳はお爺さんのですか？　見てもいいですか？」

「日記みたいだけどねえ。昭祐に渡しておくよ。ゆっくり読んだらいい」

それは、掌（てのひら）に収まるサイズで、かなり傷んだ黒革の手帳だった。

僕は食い入るように手に取った手帳を見つめた。思いがけぬ遺産と出会った僕は、すぐにその内容を読み始めた。手帳には祖父の体験がところどころ滲（にじ）むブルーブラックのインクで記してあった。

『昭和十五年秋。バンコク着。暑さと豪雨尋常にアラズ。「ミョウジンシンブンシャ」訪問。大量の石鹸、緬甸国境メソト搬入指示。
軍用車にて、メソト移動。同日夕刻到着。現地、國分商店にて昭一郎伯父と再会。業務についての説明無し。目的地に辿り着けたことだけでひとまず安心ス。

今朝、荷について真実知ル。荷は銃、弾薬、砲、也
明日、荷を緬甸に出すので同行するようにと伯父からの指示アリ。

早朝、日産のトラック十三尺四トン車。元は民間使用にカーキ色の塗装が上塗りされていた。

積めるだけの荷を積み、自分も荷台に乗ル。
車は北の橋を渡ル。西のラングーンを目指サズ、東の悪路を走行ス。
豪雨が止むのを待っていたのはこのためだったと納得。
道なき道を半日かけて進み、密林を抜けると突然部落が現出。緬甸に入ル』

手帳は、この後、鉛筆書きに代わっていた。

『緬甸側に入って荷を降ろした瞬間、自分たちは激しい銃撃を受けた。

初動は三方向からの機銃連射。アッという間に車外の緬甸人が胸を撃ち抜かれ倒れた。

次に前方の雑木林低い位置数ヵ所から単発銃声アリ。

この銃撃で車両窓ガラス吹き飛び、運転手頸動脈に穴。出血夥シ。

血しぶきで運転席は血の海ナリ。

自分は荷台にいたことで銃撃を避けることが出来、とっさに短刀のみ握りしめ密林へ逃走。

走ること半日。どこをどう走ったか記憶無シ。気が付くと完全孤立。

突然、開けた場所に白亜のパゴダ現ル。奥の僧院に僧侶二人を見る。協力を要請ス。

僧侶は住職と少年僧。深く感謝ス』

手帳はそこで糸がほつれ、先のページはなかった。僕は祖父の手帳に書かれた壮絶な戦争の記録を食い入るように読んだ。その後の詳しい記載は見つけられなかったが、どうやら無事に救出されて日本に戻ることができたらしい。

僕は祖父・昭佐との間に不思議な縁があったことを知り、運命のようなものを感じた。

真鶴の本家を出ると、外はすっかり夕陽の落ちた風景だった。

やがて日本の季節は秋に移っていた。

一方、雨季と乾季しかないミャンマーは、歴史的な大転換のきっかけとなる日を迎えようとしていた。十一月に実施されるミャンマー総選挙である。

クーデター

二〇二〇年十一月、ミャンマーの長い雨季がようやく終わろうとしていた。

僕が日本に帰った後の事務所は、いつも急に火が消えたように暇になってしまうという。アンジーにとっては、遠い日本からの指示で少しでも作業があることは救いだったようだ。それ以外の多くの仕事はコロナ禍で一時休止としたし、スタッフは自宅待機にしていた。それでもアンジーだけは事務所に来て掃除をしたり、法座の水をかえたりしていた。ラルフはたまに来ては故障したエアコンの修理などをしていた。アンジーとラルフが揃う日には、彼らは事務所の法座の前で、アウンサンスー・チー国家最高顧問率いるＮＬＤ党（与党国民民主連盟）の選挙での勝利を祈願した。

僕からアンジーに指示をした作業の一つは、事務所の契約更新だった。今回の更新では事務所名義も國分昭祐個人の名義から現地法人へ名義変更された。シュエダゴン・パヤーが窓から見える事務所は、仏様が守ってくださっているのだとアンジーとラルフは話していた。

そして、この時期、アンジーやラルフがもっとも嬉しかったのは、二〇二〇年十一月八日のミャンマー総選挙がアウンサンスー・チー氏率いるＮＬＤ党の圧倒的完全勝利で終わったことだった。

こうして、世界中を平等に襲った新型コロナウイルスだったが、ミャンマーには明るい未来がやって来るかのような期待が膨らんでいたのである。

明けて二〇二一年。僕は日本で新しい年を迎えていた。年が明けてもコロナは相変わらず世界中で不安をまき散らしていた。ヤンゴンに残っていたジャーナリスト野津氏から連絡があったのは、一月末のことだった。


「國分さんの事務所の近く、なんかキナ臭くなってるみたい」

「え？　どういうこと？」

「どうもシュエダゴン・パヤーの近くで小競り合いがあったらしい」

「ああ、去年の選挙結果に軍が納得していないというやつね。軍は伝家の宝刀を抜くかな？」

「まさか、それはないと思うんだけどね」

「とにかく、何かあったらすぐに報せて」

野津氏は願いを込めて「それはないと思う」と言ったようだが、僕は「最悪の状況に備えておけ」という父の教えを思い出していた。

三日後、野津氏からの報せは、二人が心配していた最悪の事態を告げていた。

「やられた！　軍事クーデターだ。映像送るよ。どこかに出せる？」

「だったら『報道駅舎』でいい？　あそこは編集会議には上げてもらえることになってる」

「ＯＫ！　それでいい」

「局との条件は任せてもらっていい？」

「了解。任すよ」

軍事クーデターの情報は、現地の仲間たちから次々に悲痛な叫びとともに伝えられてきた。

僕は、すぐに六本木のテレビ局に連絡した。

「國分です。ミャンマーのクーデターの件ですが、現地の動画素材があります」

「助かります！　ぜひ使わせてください！」

こうしてミャンマーでの軍事クーデター初日、民放の高視聴率番組『報道駅舎』で、現地の僧侶が国軍のクーデターに抗議をしている様子が全国放送で映し出された。

この日、アウンサンスー・チー国家最高顧問、ウィン・ミン大統領、ＮＬＤ党幹部、ＮＬＤ党地方政府長官等、四十五名以上が国軍に身柄を拘束された。その直後、ミン・アウン・フライン国軍最高司令官は、全土に非常事態を宣言し全権を掌握した。

一日にして軍部による政権転覆は成功した。ミャンマーの民主主義は崩壊したのだ。同時に、ミャンマーに暮らす人々にとっては、地獄のビルマが戻って来てしまった。


ミャンマーでの軍事クーデター発生から三週間が過ぎた日、最初の犠牲者が出た。ネピドーでの抗議デモに参加した一九歳の女性は、ＮＬＤ党が大勝した昨秋の総選挙で初めて投票を経験した。国軍への抗議デモに参加した彼女は頭部を撃たれ病院に搬送されたが、そこで二十歳を迎えて死亡した。その死から三日後に行われた葬儀には数千人が詰めかけた。

このころ、僕は東京のテレビ局の報道番組の記者と特番企画を相談していた。

「クーデターから一ヵ月のミャンマーというテーマはアリですね。國分さん、現地の声、撮れませんか？」

「現地にカメラを残して来たので、インタビューを撮るように連絡しています」

「でも、あの、すいません。高いですよね」

「僕は、今のミャンマーのことを一人でも多くの西側メディアで扱っていただくことが重要と考えています。僕からの素材は局の規定の最低限でやってください。二次使用もフリーで結構です」

「わかりました。上に伝えます。素材はどんなものに？」

「まずは、現地のＺ世代の生の声、現場の解説に八十八年組のＹ世代の声、それに現地に残る邦人の想い、そうしたインタビューを撮って送ります」

「なるほど、では月末までにいただいて三月第一週で出しましょう」


僕は早速、ＳＮＳのコミュニケーションツールで現地に連絡した。

「アンジー、大丈夫か？　すぐＤＶＢのアウン・トンとＭＪＳＥＡのヤンミン会長に連絡して。インタビューの場所は外じゃなくて事務所で。それと、アンソニーと古町にも事務所に来てもらって」

「わかりました」

冷静なアンジーと違って、ラルフは号泣していた。

「昭祐！　こんな酷いことがことあっちゃいけない、軍が国民を殺してる！　今日も」

軍の統制下のテレビや新聞に真実は報道されない。

ミャンマーの若者たちのＺ世代では、ＳＮＳの画像を通して広く情報を共有していた。そこには、マハトマ・ガンディー氏を模したＣＤＭ（市民的不服従運動）が弾圧される情報が溢れ、非暴力の抗議デモを行う一般市民を殴り倒す国軍兵士や警官の映像が拡散されていた。救急車が軍警察に止められ、救急隊員が座らされて警棒で殴打されている。さらに小学校の教師、障がい者、妊婦までが暴行される映像もあり、そこには容赦ない国軍の姿があった。その後、国軍はインターネットを強制的に制限し、ＳＮＳも使えなくする措置に出ていた。

映像を送ってくるラルフのスマホの画面から彼の顔がはみ出し、震えているのが見えた。ラルフの大粒の涙も見えた。

「ラルフ、何が起きているのかを発信し続けて。今は何が起きてもおかしくない。そして、本当に気を付けて」

そう声を掛けると、ラルフはようやく自分を取り戻したようで、少し落ち着いた。彼には二人の弟がいる。二人は国軍に所属しており、彼らは現場の最前線で指揮する下士官だった。自分の実の兄弟が、罪もない自国民を弾圧しているかと思うと、気が狂うほど苦しかったに違いない。

僕は、アンジーにその後の状況を確かめるために連絡を入れた。

「アンジー、今はどうしてる？　大丈夫か？」

「大丈夫です。この時間は、鍋を叩いています。悪霊を追い出すのと、一緒に国軍を追い払うためにです」

「それもＣＤＭ？」

「はい。午前中はレーダンセンターの近くに行きました。お昼には一度家に帰って、ご飯を食べてからまた午後に出て行きます。フェイスブックでデモの呼び掛けはいろいろ来ますから行けるときは必ず行くようにしています」

ミャンマーの医療関係者のボイコット運動から始まったＣＤＭは、単なるデモではなかった。八八年のＹ世代で多くの命が失われた教訓から、軍を刺激し過ぎずに強烈に抗議するというのが武器を持たないＺ世代に手渡された市民が軍に対抗する窮極の抵抗作戦だった。

今のミャンマーではこれしか方法がなかった。平和な日本に暮らしていては理解できるはずもないことはたくさんある。当のミャンマー国民でさえ自分たちに何が起こっているのか、本当のことを知らされているのかもわからないまま、クーデター発生から一ヵ月が過ぎようとしていた。

ヤンゴンの事務所に密かに集められたメンバーのインタビューが行われていたころ、ミャンマーの外でも事件が起こっていた。ＮＬＤ政権時代に任命されたチョー・モー・トゥン国連大使が、国連総会で国軍を非難する演説とともに、独裁への抵抗を示す三本指を掲げて罷免されたのだ。米国映画『ハンガーゲーム』に登場した三本指のポーズは、タイの軍事クーデターや香港の雨傘運動に続いてミャンマーでも使われた。もはや物語と現実の一線は消えてしまっていた。

二月二十八日、ヤンゴンの事務所でのインタビューを終えた古町ＧＭは、自室のあるマンションに戻り、五階の窓から眼下の市街を練り歩く国軍兵士をカメラで撮影していた。その姿が兵士の眼に留まった次の瞬間、古町ＧＭの部屋に催涙弾が撃ち込まれた。

窓ガラスが割れ、白煙を吐く物体がシューッと音を立てた。吐き気に襲われる古町ＧＭは、僕に電話をかけた。

「ヤラレタ！　催涙弾、撃ち込みやがった」

「怪我は？」

「大丈夫」

「まず、逃げろ」

「動けん。誰かに迎えに来てもらう。映像、送れるかわからないがやってみる」

そのとき、脳裏に浮かんだのは、二〇〇七年のサフラン革命でＡＰＦ通信社の日本人ジャーナリストがミャンマー国軍に取材中に銃撃され死亡した事件だった。彼の持っていたビデオカメラと古町ＧＭに預けたカメラは同じサイズでよく似ていた。古町ＧＭが無事に逃げられるか、自分だけ安全な日本にいて撮影を頼んだことの後悔、そんな想いがぐしゃぐしゃになって頭のなかを駆け巡っていた。

古町ＧＭは、かつて八十八年のクーデターでも国軍と闘った経験のあるＹ世代の闘士でもあったＭＪＳＥＡメンバーに連絡して迎えに来てもらった。そして現場の画像を送信してきた。

映像素材を見た日本のテレビ局の記者は興奮していた。それは生々しい一次情報の素材だった。昨今の記者は現場を踏んでいない。ロヒンギャの報道も大半はバングラディッシュ側からの海外放送局の撮影した映像素材をもらい受けるか、バンコク支社の記者が現地メディアから聞き付けた話だった。

その日の夜、〝独自スクープ！　日本人宅に催涙弾〟と銘打った報道が局の看板番組『世界経済の焦点』で放送された。放送後、ほかの在京キー局や全国紙の新聞社でもこのニュースは扱われた。しかし、このニュースが日本の全国放送で流れた後でも、ミャンマーで起こっていた実態はほとんど理解されることはなかった。

ミャンマー軍の暴走を止める手立てはないままに一ヵ月の時間が流れた。そして恐れていた通り、三月二十七日の国軍記念日で国軍と市民は衝突し、国軍は国内四十ヵ所で発砲した。百名近いと言われた犠牲者数の実数はわからない。その日が一九四五年にビルマで抗日武装蜂起を記念した日であることをどれだけの日本人が知っていただろうか。事態はますます悪化していく。ミャンマー国民がもっとも楽しみにしていた四月の水掛け祭の時期になっていた。

アンジーからいつにも増して重く低い声で連絡が入った。

「昭祐さんに報告があります」

「どうした？」

「お父さんが亡くなりました」

「いつ？　撃たれたの？」

「いいえ、がんです。先週でした」

「病院には行けていたの？」

「CDMが始まってから、病院には医者も看護師もいません」

「そうだったのか……」

「昭祐さん。私、日本に行きたいです。父が亡くなり、もう行っていいよと言われた気がしました」

「アンジーが日本に来れたら仕事も住むところも用意しておく。ヤンゴンの会社をどうするかは、二の次でいい。これから相談しよう」

「ありがとうございます」

　翌週、僕はアンジーに香典を送金した。医療さえ崩壊している状況で葬儀ができるのかどうかもまったく分からなかったが、とにかくそれ以外にできることがなかった。


　そのころ、チーピャーはそれまで数ヵ月に一度は行き来していたバゴーの実家と連絡を取り合っていた。彼女には病弱で入院している弟があり、僕もバゴーの病院に一緒に見舞いに行ったこともあったので、チーピャーの家族とも面識があった。そのバゴーで何やら大きな戦闘があったらしいと聞き、僕は、チーピャーにも連絡を入れてみた。

「チーピャー、昭祐だ。どうしてる?」

「私は、大丈夫です。事務所も行ってなくてすみません」

「それはいい。出歩くのは危ないから。それより、バゴーだ、市街戦があった?」

「もうやばいです。たくさん死にました」

「バゴーで対戦車砲が撃たれたとかって聞いてる?　手で持って打つ大砲みたいなやつ」

「グレネード40です」

「良く知ってるね」

「昭祐さんをバイクに乗せて案内してくれた叔父さん。昔、軍人です。彼に聞きました」

「そうだったのか。聞きたかったのは、そのグレネード弾で撃たれた人たちは、町の普通の人たちでしょ?　兵士ではなく」

「そうです。八十二名、一度に死にました」

「一発の砲弾で?」

「はい。でもそれだけではありません。何ヵ所も同時に攻撃されました」

「SNSに出てるけど、撃たれて死んでしまった親の遺体を軍が持って行って、次の日の朝に遺族に遺体を有料で売ったというのは、これは間違いだよね?　フェイクニュースでしょ?」

「それも本当です」

「そんな。それが本当なら、ミャンマーは世界最悪の事態になっているということじゃないか」

全部本当のことだった。

「昭祐さん」

「ん、何？」

「もうこの国に希望はありません。この国で未来は考えられません。助けてください。」

「わかった。今は何ができるかはわからないが、約束する。必ず助ける」


バゴーでそんな悪夢のような事態が起きてから十日後、ヤンゴンから日本人ジャーナリストの野津氏が軍警察に身柄を拘束されたとの報が届いた。

彼が軍警察に捕まったのはこれで二度目だった。一度目は、モヒンガー社のアンソニーが現場に居合わせたため彼が直ぐに報せてくれた。おかげで即時日本大使館へ連絡するなど、彼の解放に繋がる行動を起こすことができた。

しかし今回は、大勢の軍警察に事務所に踏み込まれて、インセイン刑務所へ収監されたという。もはや一個人では手の打ちようがない。僕は知り得る限りの抗議活動に参加した。在日ミャンマー人の団体による日本・ミャンマー友好議員連盟への陳情や、国際的な人権擁護の弁護士集団の外務省への公開質問会にも参加した。また、国軍に対抗するＮＵＧ（国民統一政府）と日本の国会議員とのオンライン会議にも参加した。

ある日、横浜で在日ミャンマー人や留学生グループと一緒に、野津氏の釈放を訴えるビラ配りをしていたとき、ミャンマー人の若者たちが一本のギターを囲んで哀愁の漂う歌を歌い始めた。

「あの歌は、なんという曲ですか？」

僕は、ビラ配りをしていたミャンマー人に聞いてみた。

「あれは『カバマテェブー』です。世界が終わるまで我々は諦めないという意味です。元歌は、カンサスの『ダスト・イン・ザ・ウインド』です。一九八八年のクーデターのころに国軍と闘っていた学生たちが替え歌にして謳いました」

〝風の中を舞う塵〟のように、ミャンマーの若者たちは世代を越えて、たとえ塵のような自分たちでも世界を変えるまで闘おうとしていた。かつて一九六八年のチェコスロバキアで起こった変革運動「プラハの春」のときには、ビートルズの『ヘイ・ジュード』が歌われたが、いつの時代も、若者たちは心からの声で、次の世界を創っていくのだろう。ミャンマーの若者たちは、歌いながら泣いていた。

野津氏が無事に解放されたのは、一ヵ月後の五月のことだった。

野津氏が国軍に連れ去られる前日、ミャンマー人映像作家が国軍に連れ去れていた。そうした国軍の意に反するかのように見えただけで彼らが解放されることはなかった。

唐突だった野津氏の解放については憶測による噂が飛び交った。僕は永田町に通い政府関係筋から情報を集めていたので、解放の後、日本政府としては次はミャンマー国軍がいつどんなタイミングで、一体どんな要求をしてくるのか見当がつかず戦々恐々としているという話を聞きつけていた。どんな結果にも必ず原因がある。この先、明らかにされない原因を探し求めて問題解決を試みたとき、それが一個人では手の届かない問題だと気付いたとしたら、僕はどうするべきなのかを考え始めていた。

ミャンマー国軍への対応は何が正しいのか、判断が難しい底なし沼に墜ちていく気がした。このころから、僕はミャンマー関係者との接触を断つようになった。自分のすべき支援を探し求め、誰にも相談せずに独りで考え込むようになった。

降りやまない雨

ミャンマーに渡ったころ、ビルマ語のできない自分には、独りでは何もできなかった。協力してくれた現地の若者たちが力を貸してくれたからできたことばかりだった。今、その彼らの命が毎日失われていることを知りながら、人の命が失われていくことを止めることができない。何の力もない自分。それでも何もしないわけにはいかない。日本人の身内にも仲間にも、理解してもらうには非常に困難なミャンマー問題。

ミャンマー国軍のゾー・ミン・トン報道官は、記者会見で「木を育てるためには雑草取りが不可欠であり、必要ならば農薬を散布しなければならない」と述べた。CDMで武器を持たないZ世代の若者たちを、雑草や虫けらとして扱った。世界の記者を集めた場で、国軍はその気になればいくらでも彼らを殺すことができると豪語し、記者たちを呆れさせた。

そのミャンマー国軍に対して、日本政府は、独自のパイプを持つ国だと自慢げに公言し煮え切らない態度を取り続けている。その間、ミャンマー国民は国軍に拘束され、投獄され、レイプされ、失われていく命が後を絶たなかった。

一方、ついに、ミャンマーの若者たちのなかから、CDMの無抵抗な抗議活動に限界を感じる者が生まれていた。もはや黙って殺されていくことに耐えられない者が出たことは止められない現象だった。若者たちは武器を手に取り、PDF（国民防衛軍）と呼ばれる武装した抵抗に移っていったのである。

ヤンゴンやマンダレーといった都市部の有名大学の学生たちは、CDM活動に見切りを付け、ミャンマー国境周辺の有力少数民族の武装集団の門を叩き、軍事訓練を志望する者が後を絶たない状況になった。そして国境地帯のジャングルで過酷な訓練を耐えた学生戦士たちが今度は都市部に戻り、市内に潜伏してゲリラ活動を展開し始めたのである。

日本で先の見えないミャンマー問題を思うと、心のなかは終わることのない梅雨に入ったようだった。

二〇二一年六月。サッカー・ワールドカップ予選で日本を訪れていたミャンマー人選手が、テレビ放映中に三本指を掲げて日本への難民申請をした事件があった。日本に帰国した野津氏から僕に連絡があり、日本のクラブチームで彼を受け入れてくれるところを交渉中ということだった。僕も彼のためにチームを探した。結局、彼は横浜のチームに収まることになったが、結果に結びつかなくても何かをしていなければおかしくなりそうだった。

ミャンマーの問題は、一般の日本人にはなかなか理解されない。アジアの辺境に閉ざされた国のなかでの虐殺は、知らない人に一から説明するのも大変だったが、逆に国際社会情勢に見識を持つ人へ説明するのはそれ以上に難しかった。それほどミャンマーで起きている事態は異常だったのだ。

僕がミャンマーに時間と気持ちを使うことへの反応はさまざまだった。

「なんだよ、ミャンマーって、わけわからん。」

「いつまでミャンマーのことなんかで悩んでるの？」

「お前の悩みは贅沢だな。それより家族の心配しろ」

「結局、その国の国内問題でしょう」

「昔、南米で経験したけど、クーデターってそういうものじゃないでしょ」

「とにかく、危ないことに関わるのはよしなさい」

在日ミャンマー人や留学生にもいろいろな事情がある。コロナ禍の日本でのデモ活動で、「こんなときにデモをして申し訳ない」と謝りながらミャンマー国軍への抗議をするミャンマーの若者もいれば、自国からの情報に耐え切れずフェイスブックを閉じる若者もいた。

そんなある日、スクープ映像の実績を知った東京キー局の報道責任者から連絡が入った。

「ミャンマーの件で、他局にない企画を作りたいのですがご協力願えませんか？」

「非力ですが、ぜひ協力させてください」

僕は、六本木のテレビ局に飛んでいき、報道局の責任者と話し込んだ。

「今日はお越しいただいてありがとうございます。欧州や中東で戦争報道を担当していた者が移動になりまして、その引き継ぎ事項にミャンマー案件なら國分さんに相談をという一項がありまして」

「ありがとうございます。ただ、御社の番組は、対象も企業経営者向きで内容も経済情報が主なのでは？」

「そのとおりなのですが、今回は報道としても人道的な観点で包括して考えますので、ご心配には及びません」

「わかりました。ミャンマー問題ですが、内戦での虐殺はアフリカや中東でも珍しくないと思います。それでも、多くの仏教徒を抱える国で国軍が自国民に、しかも非武装の一般市民にグレネード弾を撃ち込んだ後、一旦死体を回収して翌日遺族に売り付けるというのは、世界的にも希有な例ではないでしょうか」

「酷い。本当にそんなことがあるんですか？」

「僕も最初はフェイクではないかと思って現地に確認しましたが、事実でした」

「國分さん。アウンサンスー・チーのインタビューは可能でしょうか？」

「それは残念ながら不可能です」

「では、反国軍トップと、国軍トップの両方のインタビューが撮れますか？」

「約束はできませんができなくはないです。実際、両方に人脈はあります。ただし、反国軍に近づくためにミャンマーに入国すれば国軍に逮捕され、国軍に近づけば反国軍ゲリラに命を狙われます。そのリスクは御承知の上でのリクエストですか？」

「もちろん、無理な場合はそう言ってください。費用についてもざっくばらんに」

「取材がなくとも現地には行くつもりです。私は、ミャンマーで起きていることを西側メディアに伝えると現地の人たちに約束しました。ですので、この企画でも確実な露出が約束されれば、通常の戦争報道の対価も求めません。それでも現地から素材を送るだけではなく、自身で出向いて声を拾うなり、現地からライブ中継するのであれば、最低限の経費の半分でもご負担をいただけますか？」

「その件、役員と相談します」

このときのテレビ局でのやり取りの内容を聞いた仲間たちは、全員猛反対だった。

とりわけ、在日ミャンマー人グループを取りまとめていた人は激怒していた。反対の大きな理由は、この企画のなかに国軍最高司令官ミン・アウン・フラインへのインタビューが含まれていたことにある。国軍の宣伝になることに対しては全否定だったのだ。

「メディアは中立の立場で双方の言い分を確認したかっただけだと思います」

「あり得ません。それは国軍を認めることになります。國分さん、私たちは戦争をしているのですよ」

結局、この企画は実施されなかった。テレビ局は経費を出すこともなく、僕も命を懸けることにならなかった。

こうして日本での報道が国内問題一色になっていたころ、ミャンマーのアンジーには自身だけでなく彼女に関わるすべての人の運命を左右する出会いが訪れていた。

◆アンジー編――ジョーの慟哭（どうこく）

クーデターから四ヵ月後の八月一日。ミン・アウン・フラインによる暫定政権の発足と、再選挙が一年後の二〇二三年の八月までに実施されることが発表された。ミャンマー国軍の暴走は誰にも止められなかった。

私は毎日街に出てCDMに参加していた。ある日、街のバリケードを造る若者たちのなかに、哀しい眼をした青年を見付けた。なんとなく気になった私は、CDMに出ると無意識に彼を探してしまうようになっていた。昨日、彼はスーレーにいた。今日はレーダンにいるかもしれない。彼も無事ならいいと思う。彼の名前は「ジョー」らしい。周りの人がそう呼んでいた。雰囲気からして、きっとビルマ族だ。

あるとき、なんとなく顔なじみになってきたジョーが私に声を掛けてきた。

「やあ、よく会うよね。どこから来てるの？」

「サンチャウン。そちらは？」

「今は人民公園かな」

「家、ないの？」

「まあね」

いつもグループのリーダー的な立場で皆に指示を出していたジョーは背が高かった。年齢も出身も教えてくれない。知らないほうが良いのはお互いわかっていた。きっとジョーも本名ではないのだろう。私も聞かれても本名のアンジーとは答えない。とりあえず思い付いた「チェリー」と名乗ることにした。

「僕は、ジョー」

「私はチェリー、よろしく」

「気を付けてチェリー。今日は、レーダンがヤバい。何人もやられた」

「わかった。あなたも気を付けて」

レーダンはヤンゴン大学があり若者の集まる地区だ。また誰かが捕まって連れ去られたのだろう。捕まれば地獄が待っていた。男が捕まれば拷問。女が捕まったら死んだほうがまし。

会社に行くときはラルフが送ってくれた。ラルフは二人目の子どもが産まれる日が近いので、呼び出すのは申し訳なかった。それもあって最近は弟のウィンと二人で街を歩くようにしていた。弟も身体だけはしっかり育っていたので、一応ボディーガードにはなった。

ジョーはいつも十数人のグループで活動していた。ある日、私たちがサンチャウンで合流してデモ行進を始めようとしたとき、国軍兵士が撃ってきた。

「逃げろ！　チェリー」

「ジョー！　ダメ、こっち！」

私とジョーは声を掛け合いながら退散した。サンチャウンは勝手知りたる我が街だ。私はジョーと仲間たちを細い路地に呼び込み一緒に走った。古いローカルアパートが隙間なく立ち並ぶ裏通りで、息を切らせながら私たちは隠れた。

「チェリー、どこか、住めるところ知らないか？」

「何人いるの？」

「とりあえず、まったくの宿なしは俺を含めたこの六人だと思う」

「わかった。後で連絡する」

私たちはそこで解散した。私とウィンは、家に帰った。

その後、私はずっと考えていた。私には一つのアイデアがあった。ただし、その選択は私をどこに導いていくかはわからない。今、わかっていることは、ジョーには、今夜の居場所がないこと。今日がないということは、もちろん明日もない。ということだけだ。

夏の終わりごろ、私は昭祐さんに大事な話をするため連絡した。

「昭祐さん、いろいろ相談があります」

「うん、遠慮なく言ってくれ」

「一つは報告です。ラルフにもう一人、子どもが産まれました」

「そうか。久しぶりの良い報せだね。内戦中に産まれてくる子か。それが良いのかどうかわからないけど……。お祝いのお金を贈るからラルフに渡してくれ」

私は、昭祐さんに聞こえないように小さな深呼吸をした。

「わかりました。昭祐さん、あの、いいですか？」

「どうぞ」

「先日のインタビュー素材の編集作業で、事務所にデザイナーと編集スタッフが来てるのですが、夜遅くなることがあるので、泊めてあげてもいいですか？」

このとき、昭祐さんもまた、ほんの少し一呼吸を置いた気がした。私は緊張した。これまで彼に嘘を付いたことはない。昭祐さんは常に私を信じて任せてくれた。

「まあ、いいよ」

「ありがとうございます」

「事務所は十月の再契約はしないつもりだから、それまでの間だしね」

「はい」

もしかすると昭祐さんはわかっているかもしれない。でも、断らなかった。彼に迷惑はかけられない。大丈夫。私たちならきっとやれる。

私は、すぐにジョーに電話した。

「事務所、泊まれるよ。日本人のＧＭが許してくれたの。すぐ、来れる？」

「今から行く」

九月のある日、ジョーは五人の仲間を連れて事務所にやって来た。皆、着の身着のままだったが、大きな荷物も持っていた。彼らはとにかくほっとした様子だった。

「チェリー。ありがとう。助かった」

「とにかく今夜は、ここに泊まって。隣の部屋にソファーもあるし、奥にはベッドもあるから、みんな休んで。話は明日ね」

私と弟は、彼らに鍵を預けて帰宅した。これで私の抵抗運動は、ステージを一段階上がる。私はもう戻れなくなるかもしれないし、転げ落ちる予感もした。

私の亡き父には兄弟がいる。父の兄弟はみな軍人だ。しかも高級将校である。なかでもネピドーにいる一人の叔父は、軍部でも力を持つ将軍だった。私は国軍が今までしてきたことは間違いだと思っている。たとえ親戚一同が集まる席でも、私ははっきり「軍がこの国をだめにした」と言うだろう。このことは昭祐さんには話していた。

「アンジー。もし僕が軍のトップと話したいと言ったら、繋げられるの？」

「できます」

「それは、どのレベルまで？」

「昭祐さんがそれを望むなら、トップまで繋ぎます」

親戚に将軍がいる私であれば、できる可能性は高かった。

だが、最終的に私はジョーと一緒にＰＤＦ（人民防衛軍）として行動することを選んだ。きっとこれは、自分の使命だ。

シュエダゴン・パヤーで一緒に祈ったとき、昭祐さんも何か使命を持った人だという予感がしていた。日本人の彼と私が同じ使命だったなら、それが一番良かった。でも、きっとそれは違う。それでも、昭祐さんはきっとわかってくれるはず。私は、心のなかで「本当のことを報告をするのは、もう少し後になることを許してください」とつぶやいた。


翌日、私は事務所でジョーたちとこれからの行動について作戦会議をした。事務所に隠れ住むようになった彼らは、皆つい半年前まではヤンゴンに暮らす普通の大学生だった。

ジョーは理工系の大学生で卒業後はエンジニアを目指していた。技術が自分の将来もこの国も創ることができると信じていたのだ。

ITを専門に学んでいたソーは母親を目の前で殺されたという。外語大で英語を専攻し米国留学を夢見ていたミンは、家族も家ごと焼かれたのだという。彼らに共通していたのは、家族と夢が一瞬にして消えたことであった。

彼らの家族の命と夢は、まるで風に吹かれた塵のように儚く消えた。彼らは雨期になってすぐミャンマーとタイとの国境地域を目指し、ジャングルで出会っていた。彼らは一九四七年以来、国軍と戦闘を続けていたKNU（カレン民族同盟）の門を叩いて、軍事訓練を受けたのである。

私たちは長い時間お互いのことを話し、これから何をするのかも話し合ったが、最後まで誰も本当の名前は言わなかった。事務所の外は雨季のただなかで、その夜も豪雨の音がいつまでも鳴りやまなかった。部屋のなかの話声を豪雨がかき消してくれるのは好都合だった。ジョーは時折、急に涙を流す。それは、全身全霊で声を押し殺した慟哭だった。

昭祐編――Ｄデイ

秋になると日本は、平和の祭典である東京五輪とパラリンピックのニュースで溢れていた。そしてミャンマーになかなか帰れない僕にも、日本で五輪に次ぐ国際的な仕事の声が掛かっていた。内容は、秋に開催される国際体操・新体操小倉大会の広報だった。

ミャンマーの仲間に何もできない自分を責めているより、仕事で忙しいほうが精神的にもいいと考えた僕は、小倉に行くことを決めた。小倉は、日本で唯一、本格的なミャンマー式寺院としてのパゴダがある街でもあった。

アンジーからの電話で、ヤンゴンの事務所にほかのスタッフを泊めてもいいかと連絡があったのはそのころだった。映像編集の作業ならモヒンガー社にもＤＶＢにも仲間がいるのに、新たなスタッフとはちょっとおかしいとは感じた。だがまもなく、そんなことなど吹っ飛ぶようなニュースが飛び込んできた。

「九月七日、ミャンマー民主派によるＮＵＧ（国民統一政府）は、ドゥワ・ラシ・ラー副大統領の演説の中で、この日を〝Ｄデイ〟と名付け、国軍に対する戦闘開始を宣言した」という報道である。

この〝Ｄデイ〟とは、第二次世界大戦中、ナチス・ドイツ占領下のヨーロッパにおいて、連合国軍が反撃を行うために仕掛けたノルマンディー上陸作戦を指す。Ｄは、ＤＡＹの頭文字で「その日の始まり」を意味する。ミャンマーで〝Ｄデイ〟が発令されたのは、国軍がＡＳＥＡＮの仲介で年内中の停戦を表明した翌日だった。

僕はすぐにヤンゴンに連絡した。

「アンジー、ついにヤンゴンでも市街戦が始まるの？」

「国境地域の少数民族とは戦闘状態になっていますが、ヤンゴンではまだです」

「そうか。何かあれば、すぐ教えてくれ」

「はい」

「それと、アンジー。事務所に来てるのは、軍事訓練して来た学生たちか？」

「……はい。そうです。すみません」

「いいんだ。で、彼らはヤンゴンに家はないのか？」

「ない人もいますし、ある人もいます。ただ、家には帰れないのです」

「そうか。今回は、人道的な考え方から認める。その代わり、あの事務所は十月に閉めるから、あと一ヵ月間だけだ。その一ヵ月で次の場所を探すように言うんだよ」

「わかりました。ありがとうございます。昭祐さんにはけして迷惑はかけません。責任は私がとります」

「わかった。もういいよ」

「昭祐さん、大家さんにはどうしましょうか？」

「うーん……本当は言わなければならないよね？」

「そうです。でも絶対無理です。いいとは言わないです」

「仕方ない。大家さんには黙っているしかないだろう。知っていたことがわかれば、後から大家さんにも迷惑がかかるかもしれないしね。夜はなるべく灯りを点けず、カーテンは下ろして閉めておいて。特に、部屋への出入りする姿は見られないようにするんだ。できるか？」

「はい。そうさせます」

アンジー編 —— 毘沙門天

昭祐さんはやはり気付いていた。確かに私はジョーたちに隠れ家を提供した。昭祐さんに話したのはそこまでだったが、私は、彼らの作戦や行動計画を聞いていた。

ジョーたちは、この事務所に来るまでに、ヤンゴンの街のあちこちにあるＣＣＤカメラを壊して歩いていた。八八年時代からシュエダゴン・パヤー周辺もゲリラの潜伏地域としてマークされていて、監視カメラが仕掛けられていたのだ。その多くを取り除いたというわけである。

次に取り掛かったのは、市役所に侵入して住民情報の書類やデータを取り出し、消去するという作戦だった。武器を持たない彼らは、そうした国軍にボディブローのように効いてくる抵抗をしてきた。

そんなとき、〝Ｄデイ宣言〟が発令された。

そして、ついにジョーは、あの作戦を決意した。

Ｄデイ発令の翌日、私が事務所に行ってみると、部屋のなかに何か言い知れぬ緊張感が漂っていた。しかも、見慣れないモノが応接室のテーブルに散らばっている。

「おはよう。ジョー、これは何？」

「これが僕らの武器。爆弾だよ」

「自分で作ったの？」

「ああ、山で作り方を習った」

ジョーによると、タイとの国境にあるジャングルで行われた軍事訓練で爆弾の作り方を覚えたのだという。

軍事訓練は、最初の二ヵ月は基礎体力を、次の二ヵ月で銃を手にした射撃訓練に入った。その後、適性に応じて細分化された訓練を受けるようになり、理工系のジョーには爆弾の製造は適していたようだ。

私は机の上に並べられたものを手に取ってみた。いくつかの種類があったがどれも青いビニールテープが巻き付けられていた。一つはカートリッジのガス缶とペットボトルがビニールテープが巻き付けられ、ペットボトルの口から導火線が出ていた。ほかには、四つの透明なインスタントコーヒーのカップの中に黄色や茶色の粉末が分け入れられている。その上部には乾電池があり幾本もの電線が絡み合っていた。一番大きなものでは、三十センチはあるガス缶のようなものにパチンコの鉄球のようなものがいくつも貼り付けられ、束ねたガス缶の隙間にバッテリーとスマートフォンが巻き付けられて細い電線で繋げられていた。

いつしか事務所はゲリラの隠れ家だけでなく、手製爆弾の保管庫になっていたのだ。

私がこの光景を見たとき、恐ろしさはなかった。無感情というか、むしろ材料を購入する支援者を探して、爆弾の製造を助けてあげたいとさえ考えていた。そんな私にも奥のクロゼットに自動小銃が隠されていたことまでは知らされていなかった。

数日後、ジョーたちの〝Dデイ〟は決行された。場所はサンチャウンだった。標的は軍の指揮官の乗る車両。作戦行動の役割分担も決まっていた。指揮官はジョー。爆弾投下担当二名。銃撃戦担当二名。他に見張り役一名。実行後は個々に逃亡し、事務所に集合する手筈になっていた。

私は事務所で彼らを待っていた。その間、私は事務所にある日本風の法座で一心に祈った。仏様に襲撃の成功を祈ることに疑問は抱かない。仏教には仏を護って闘う四天王がいる。私は武神ヴェッサヴァナ（毘沙門天）に従う夜叉でも構わない。国軍は国民の自由と、財産と、生命と、夢も奪った。多くの人の命を奪う悪魔の国軍は、ビルマ仏教の戒律で厳しい制裁を与えていいはず。ジョーは仏の鉄槌を下すだけ。ジョーは毘沙門天なのだ。

ジョーが事務所に戻ったのは、その日の夜遅い時間だった。彼は慌てることなく現場の経緯を見守り、計画の成功を確認してから戻ってきた。本格的な激しい戦闘だった。それは、ミャンマー最大の都市ヤンゴンで市民側からの攻撃によって国軍側に死傷者が出た最初の事案となった。ジョーの話では、爆撃直後、サンチャウンの住民から歓声が上がったという。

実際この事件は大変な騒ぎとなった。国軍は、武装少数民族との戦闘で、ラカイン州のAA（アラカン軍）や、カヤー州のKNU（カレン民族同盟）との戦闘で国軍側にも犠牲者は出ていたが、都市部での国側の犠牲者はなかった。それがついにヤンゴン管区で初めて国軍側の犠牲者を出し、しかも死亡したのはヤンゴン管区を統括する軍の副責任者の高級将校だった。事件は、地元メディアだけでなく、ＢＢＣでも大きく報道された。

「今日夕方、襲撃事件はサンチャウンの細い路地の入り組む住宅街で発生。実行犯は軍幹部の乗り込んだ車両を確認後、後部座席に二つの爆弾を投げ込み、さらに自動小銃で車内を銃撃したという目撃情報がある。爆弾の一つは不発弾だったが、運転手と後部座席にいた軍高官二名の併せて三名が死亡した」

ＢＢＣによれば、前の座席にいた将校は反撃したが、銃撃戦の末に死亡したという。窓ガラスの破片が飛び散り、運転席に倒れ込んだ遺体の写真も公開された。写真には、軍用の帽子とバックミラーにジャスミンの花が吊られている下に血だらけの光景が映っていた。襲撃は瞬時で終了し、周辺住民に被害はなかった。

事件後、国軍と地元警察の捜査は熾烈を極めた。サンチャウンの住民は片っ端から軍警察に連行され、深夜の街に悲鳴が響いた。それでも住民は勇気ある行動をした若者たちが捕まらないことを望んでいるはずだ。私は、事件のことを昭祐さんには何も伝えなかったが、事件直後、昭祐さんから連絡が入った。

「アンジー。何か問題はないか？」

「実は昨日、彼らは大家さんに見つかりました。事務所が停電したので、自分たちでジェネレーターを修理しようとしたら、見つかってしまったんです」

「そうか、実は昨日、強烈な胸騒ぎがしたんだ。彼らはどうなった？」

「とりあえず私が彼らはデザイナーだからと説明したので大丈夫です」

「何か悪い予感がする。彼らは、今夜にも他に移ったほうがいい」

「わかりました。そう伝えます」

昭祐さんとの電話を終えると、窓の外の雨音がさらに激しくなってきた。事務所には疲れ果てた皆の姿があった。この降り止まない豪雨のなか、彼らの居場所はもはやどこにもない。

私はジョーと相談した。ジョーから今夜だけは事務所で過ごさせてほしいと言われた。明朝、彼は事務所を出ていくという。それを聞いて少し寂しい気持ちもしたが、承知することにした。

その夜、私と弟は自宅に帰った。外は相変わらずの猛烈な雨だった。窓の外のヤモリさえも軒下に避難していた。

◆昭祐編――突入

やたらと胸騒ぎがしてアンジーに電話をしたのは、あの〝Dデイ〟発令から数日経った九月中旬だった。そして、その翌朝、ヤンゴンの事務所の大家から緊急連絡が入った。ヤンゴンの大家から直接の連絡は初めてのことで、短い英文で送られてきた内容は衝撃的だった。

「今朝未明、あなたの事務所に軍と警察、五十名が突入した。今朝からアンジーに何度も連絡しているが連絡が付かない。至急、アンジーに事務所に来るように伝えてほしい」

最悪の事態だった。実際にこういうことが起きると、自分でも意外だったが、頭のなかは冷静になっていく。僕にはパニックになる時間さえないのだ。すぐに僕は返信した。

「わかりました。まずアンジーに連絡し、大家さんに連絡するように伝えますが、今一度、事務所で何が起きているか、教えていただけますか？」

「とにかく、アンジーに私のところに来るように伝えてください。私は、あなたの事務所に若い男たちが泊まっていることを知っていました。アンジーはデザイナーだと言ったが、あきらかにそんなふうには見えなかった。その男たちの何名かは警察に連れていかれた。とにかく大変なことになっているのです」

大家の話では、事務所の南京錠は軍警察によって破壊され、ドアは蹴破られたそうだ。五十名以上の兵士と警官に踏み込まれたらしい。野津氏も軍警察に事務所に乗り込まれて連行されているが、そのときは日本人宅ということでノックから始まったと聞いていた。さらに、鍵を壊されたのは僕たちの事務所だけではないこともわかった。

五棟が並ぶマンションの近隣のすべての部屋に対して、同様の強制家宅捜索がされていた。これは、事務所で連行されたのが三名だけだったので、おそらく軍警察はほかの三名を血眼になって捜索しているのだと思われた。その上で、僕はアンジーに連絡した。その時点でアンジーは状況を把握していなかった。

「アンジー。先ほど、大家から直接連絡があった。今朝、事務所に軍警察が乗り込んだらしい。三人捕まったらしいが残りの三人は逃げたようだ。誰かから連絡は来てないか？」

「本当ですか？　大変！　誰からも連絡は来ていません！」

「大家は君に事務所に来いと言ってる。でも、行けばきっと軍に捕まる」

「どうしよう！」

「アンジー。まず、大家に連絡だけは入れて、自分で状況を把握しなさい。その次に親戚の将軍に連絡しなさい。それが本当なら、今こそ相談するときだ」

「わかりました。叔父に相談します。終わったら連絡します」

十五分後、アンジーから返信があった。

「ネピドーの叔父と話しました」

「なんと言ってた？」

「事務所には行くなと言われました。私はヤンゴンを出ることになります。昭祐さん、お金を送っていただけないでしょうか？」

「わかった。今から手配する」

「ありがとうございます」

「アンジー。大家には連絡したか？」

「まだです」

「アンジー。一つだけ聞く」

「はい」

「君が言った〝責任〟とは、どういうものなのか？」

「昭祐さん。この国はこのままでは、私たちの次の世代は暮らすことはできません。私たちの世代がたとえ死んでも、次の世代の子どもたちが暮らせる国を残すことが、私たちの責任だと思います」

アンジーとそれ以上話をする時間はなかった。

僕は電話を置くと、自宅近くの郵便局に走って高田馬場に住む在日ミャンマー人の個人口座へ送金をした。そのミャンマー人は着金を確認するとすぐにヤンゴンの親戚に連絡し、日本円と同額をミャンマーチャットに換算して現金をアンジーに手渡した。闇送金だった。

アンジーは、事件の実行犯ではない。しかし、アンジーの叔父は、さすがに今回の件では姪を護ることはできないと判断したに違いない。表面的に民主化されてからミャンマー国軍情報機関の力は落ちているとはいえ、事実が解明されるのは時間の問題だった。そうなれば叔父本人の立場も危ない。僕は、アンジーの叔父には会ったことはなかったが、彼の苦しい表情が眼に浮かんだ。

アンジーに送金を終えると、僕は大家と不動産会社に連絡を入れた。大家とは、部屋の契約が僕個人ではなく現地法人との契約になっていることを再確認した。その上で、ほかの部屋で壊されたドアや鍵については、あの部屋にあったＰＣやカメラ、日本刀といった高価なものを売って充当してもらえないかと話した。さらに、物件を仲介した不動産会社にも事態を報告した。担当者は誠意のあるとても良い人だったので胸が痛かった。

しかし、事態は不動産会社で対応できる範囲を超えていた。軍警察は我々の事務所に残されていた物のうち、高価なものは皆持ち去り、兵士を置いて占拠していた。こうして事務所は軍に没収され、僕たちの事業は壊滅してしまった。

このころ、ＮＵＧ（国民統一政府）は国軍警察が住居や財産を破壊したり奪った場合は、賠償するべきであると言っていた。しかし、現実はザカイン州などの地方をはじめ、国軍に抵抗した疑いがあっただけでも村ごと空爆で焼き払われていた。逃げた住民が捕らえられ、十代の女性がレイプされた後に全裸で遺棄されるなどの事件が起きていた。何一つとして国民側の要求が叶えられることはなかったのである。

アンジー編――脱出

私は、母にこれまでのすべてを話した。もう母とは二度と会えないかもしれない。捕まれば女性は終わりだ。母もそれをわかっていた。

「この大雨が降り止んだら軍が家まで来るかもしれない。今のうちに行きなさい」

「ウインは？」

「あれには髪を剃らせて、身を隠すように言うから」

私は友人の伝手を頼って、タイとの国境地帯へ向かうことにした。移動には親戚のＩＤカードを借りた。パスポートは事務所に置いてあるからもう諦めるしかない。

私は自分のスマートフォンは捨て、会社のスマートフォンだけを手にした。そして、昭祐さんからのお金を受け取ると、セーター一枚以外はほかに何も持たなかった。

最後に「ごめんなさい」と言うと、母は黙って抱きしめてくれた。

私は家を出た。玄関を出ていく私を見た甥や姪が、外まで追いかけてきていた。あの子たちと話す時間はなかったが、私は、もう一度玄関に走り、まだ小さな甥や姪を抱き締めた。子どものころに母に引き取られて一緒に暮らしてきた従弟のルインは、私をじっと見つめていた。後日、彼は一人で家を離れて少数民族の武装集団に参加した。あのときルインを抱き締めなかったことを、私は生涯悔やむことになった。

家を出た私は走った。一歩外に出たとたんにずぶ濡れになったが、着替えはない。この地を去る最後に、振り返ってシュエダゴン・パヤーに手を合わせる。私はもう一度あのパヤーを見ることができるだろうか。私はいつか必ずシュエダゴン・パヤーに戻るために、必ず国軍を倒すと心に誓った。豪雨のなか、金色に輝くシュエダゴン・パヤーは雨と涙でにじんで見えた。

「みんな、ごめんなさい。どうか、お母さんとみんなを護ってください」

その夜は、ヤンゴン郊外の友人の家に泊めてもらった。頭のなかは真っ白で、心はジョーが心配で不安で一杯だった。

翌日も豪雨は降り止まなかった。公共バスでの移動は危ない。高額になるが車しかない。どうにか交渉した車でヤンゴン郊外を出たのは昼過ぎだった。バゴーを避けてショートカットしても、タイとの国境の街ミャワディまで三百キロはある。

私はとにかくカイン州のKNU（カレン民族同盟）の実行支配地域を目指した。高速道路は大雨のせいで窓の外は水煙で白く見えにくい。雨の水しぶきが煙幕になって私の姿をかき消してほしいと願った。車がミャワディに着いたのは夜だった。

車を降りるとき、私はドライバーから乗る前に言われた金額の二倍を要求された。私の様子から足元を見られたのだ。密告されたら捕まる。支払うしかなかった。それから私はずぶ濡れになりながら友人に紹介された住所を探した。どこまで行っても豪雨は降り止まなかった。

昭祐編――共犯者

さて、これからどうするか。まずはアンジーが無事にミャワディに辿り着けるかどうか。それを確認してからだ。

翌朝になってもアンジーからの連絡はなかった。ミャンマー国民の国内移動には身分証明書の携帯が必要だ。管区を跨ぐ主要道路には軍や警察のチェックポイントがある。公共バスには兵士や警官が乗り込んで確認に来るのでそれは選べないはず。車しかない。僕は無事を祈り、連絡を待っていた。

事件は、BBCの報道で確認した。記者にリークしたのは大家だった。よく知る人間たちが文字通りそれぞれ命懸けで行動していた。

大家はBBCの取材に対して，彼の知るすべてを話していた。一方、地元メディアは軍警察の動きを詳細に伝えている。こちらは犯人グループの顔写真とその役割分担まで相関図にして公開していた。おそらく捕まった者を拷問して自白させた内容に違いない。その図にはなぜかアンジーと弟の顔はなかった。その一点だけでも救いだったが、それは裏にまだ僕の知らないドラマがあるのかもしれない。

クーデター以降、メディアに対する軍の管理はさらに強烈に強化された。反国軍のメディアはその許認可を剥奪され、国軍管理下のメディアしか国民は見ることができない。

ＤＶＢは放送免許が剥奪されたにも関わらず、インターネット放送を続けていた。本社は軍警察に踏み込まれて封鎖されたので、記者たちはジャングルのなかから国軍が各地で行っていた略奪や蛮行を報道した。仲の良かったアウン・トンも地方の少数民族の実行支配地区から連絡をくれた。彼からの依頼は直球だった。

「昭祐、来てくれ。そして、俺たちは武器が必要だ」

「待ってくれアウン・トン。我々の武器はカメラじゃなかったのか」

「俺はＤＶＢを辞めた。もう記者じゃない」

互いに胸が張り裂けそうだった。

アンジーがヤンゴンから逃亡した翌日、先に連絡があったのは、ヤンゴンの事務所で一緒にＩＮＧＯを立ち上げたメンバーからだった。彼はＹ世代だ。

「今朝、バハンの警察署の警官が訪ねて来た。警察はあなたを共犯者として疑っている」

事務所の契約は現地法人で登記にも僕の名前はない。しかし、ドアを開けてなかに入れば、部屋の正面にアウンサンスー・チー国家最高顧問の写真が飾られていて、部屋の中央の法座に奉じてあるのは鎌倉の大仏と日本語の法華経の経典だ。壁には僕が地元紙に取材されたときに掲載された大きな記事が顔写真入りで貼られていた。

僕は、彼にすべての事情を話した。幸い先月ＩＮＧＯの登記住所は変更してある。ＪＩＣＡ

に迷惑を掛けることは日本政府に直結し、在ミャンマー邦人社会にもあらぬ規制が掛けられる。それは絶対に避けねばならなかった。この事件は、絶対に日本人宅への軍警察の侵入であってはならない。彼も良く状況を理解していた。

「アンジーの気持ちはわかる。同時に私の世代は軍が何をするかも知っている。ＩＮＧＯも心配無用。バハン警察には國分さんがこの二年間近くミャンマーに戻っておらず、事件に無関係であることを書面で出しておく。それは本当のことだから」

アンジーからはその日も連絡はなかった。捕まったかもしれない。

アンジー編――逃亡者

私が、昭祐さんに連絡を入れたのは、ヤンゴンを出てから二日後だった。

「昭祐さん。ミャワディに着きました」

「良かった。安全か？」

「今は、大丈夫です」

「とにかくアンジーは捕まらないこと。連絡もＳＮＳはよそう。最悪のときはコレクトコールでもいいから日本へ電話して」

「ありがとうございます」

昭祐さんの声を聞くと、日本の近くに来たような気がした。でも、ここはミャワディ。ヤンゴンからバスなら十二時間の場所だ。東の際を南北に流れるエモイ河がタイとの国境だ。河の東西方向に掛かる七百メートルの友好橋を渡ればその先はタイ。友好橋は、今の私には近くて遠すぎる橋だ。私にはパスポートがない。本当は日本に行きたかった。

手元にあったほうがいいと考えたパスポートは、事務所の金庫に入れていた。あの金庫だって軍なら簡単に壊すことができるに違いない。今ごろ私は指名手配されているだろう。

ヤンゴンの事務所では、国営紙『グローバル・ニュー・ライト・オブ・ミャンマー』を取っていた。報道内容ではなく、政府の公示の確認のためだった。うちの会社がメディア事業だとわかれば、かつて野津さんに科せられた刑法五〇五条が適用される。私の場合は、それだけでなく刑法百二十一条や百二十四条が適用されれば、さらに禁固二十年が上乗せになるかもしれない。それも私が捕まって凌辱され、拷問に耐えて、仮に生きていたらの場合だ。

ミャワディで友人が紹介してくれたのはローカルアパートだった。すでに部屋は友人の名義で借りてもらえていたので、私は入るだけで済んだ。場所を確認した後は、ただひたすら眠りたかったが部屋には何もない。それで寝具だけは買いに行った。畳一枚程度の敷物と布団と枕。それに水と僅かな食べ物。買い物から帰ると私は、この部屋から出ずに一週間を過ごした。ずっと眠っていたような気もする。

国境の街には、カレン族以外にも多くの少数民族が住んでいた。同じカレン族のなかでも仏教徒とクリスチャンのグループは別のコミュニティを形成していたし、エモイ河周辺にはタイからの観光客で賑わう免税店やカジノもあったが、私は近づかなかった。

ある日、激しくドアを叩く音で起こされた。

居留守は通用しない雰囲気だった。私は覚悟を決めてドアを開けると、外には二十名ほどの制服を着た男たちがいた。半分は警官、半分は軍人だった。皆、大きな銃を肩から下げている。ヤンゴンで見た軍警察とは違い、彼らはなんだか古い銃を持っていた。私は、大きめのマスクを付け、動揺を隠しながら努めて冷静に対応した。

「はい。何か?」

「あなた越して来た人? 身分証明書は? とにかく住民登録をするように」

「わかりました。登録には何が必要でしょうか?」

「身分証明書、パスポート写真、顔写真二枚、家族のリスト、それ持って役所に行って」

「わかりました。明日、行きます」

私は、必要なものを何一つ持っていなかった。

その夜、私は部屋を出た。もう一度、友人の紹介で初めて会う人の家に匿ってもらうことにした。国境の街では、私のように身分証明書も家族リストも出せない者は珍しくないそうだ。なかには麻薬や銃の販売を生業にしている人も少なくないと聞いた。彼らは現金を持っているので警察に賄賂を渡すことで余裕の暮らしをしていた。私はそうはいかない。それでもここは悪くない。問題だらけの人たちに紛れて隠れることができるのだから。

こんな街に暮らしていると、何だか生き残るための勘のようなものが研ぎ澄まされてくる。どんなモノもお金があれば手に入ることもわかってきた。ただ、働くこともできない今は、昭祐さんに言われたことを守って隠れているしかない。

それにしてもこの雨は、いつになったら終わるのだろう。あの河を渡れれば心の雨は晴れるのだろうか？

昭祐編——米国ルート

アンジーの無事を確認した直後、僕は次の手を考えていた。生きているのなら、何か救援する方法があるはずだ。僕はアンジーの救出ミッションを構想し始めた。
その前に、僕はフェイスブックを止めた。ミャンマー国軍では専門部署に日本語のできるスタッフも張り付けて、SNS上で国軍批判の投稿者を特定していると複数の筋から聞いていた。
さらにこのころ、ミャンマー国軍がイスラエルの民間会社から高度なハッキングソフトを導入したことも聞いた。ターゲットにされた人物は、デジタル上では裸にされたと同然になる。

高額の運用費がかかるので、日本大使レベルの人物でないとターゲットにはされないと思う。だが、すでに自分自身がミャンマーの警察に調査されている状態だったので、少なくともフェイスブックで繋がる人たちまで迷惑が及ぶのは避けたいと思ったのだ。

アンジーがミャンマー国軍に命を狙われている間は、リアルでもデジタルでも水面下に潜ることにし、ミャンマー関係の友人とも連絡は取らないようにした。少なくともアンジーが国境の河を渡り終えるまでは。

一方、限られた本物の専門家には積極的に相談した。そのなかの一人は大学の先輩であり、ビルマ戦線の遺骨収集活動を続けていた井戸さんだった。彼は、ミャンマーの少数民族の部族長たちの間を取り持ち、内戦の停戦調停までした伝説の日本人だった。実際、タイにいた井戸さんはミャンマーからタイへ密入国して来る難民をどう対応すべきか、タイ政府から相談を受ける専門家だった。

僕は井戸先輩にはすべてを話した。今回の目標がパスポートを持っていないミャンマー人をタイ経由で日本へ政治亡命させることだと明かし、その方法を相談したのである。

「國分君。タイへの入国記録がない者の出国を、タイが許さないことはわかるね。日本政府のミャンマー難民受け入れというのも期待できない」

「はい。承知しております」

「ただし、世界で唯一、そんな超法規的なことができる国がある」

「……米国でしょうか？」

「そうだ。カレン族にはクリスチャンが多い。米国は彼らをミャンマーの秘匿されたキャンプから国境を越えさせ、バンコクの米国大使館に移送するチームと施設を持っている。実際にそのルートで多くのミャンマー難民は米国へ渡った。そのルートに乗ることができれば可能性はある」

「先輩、ありがとうございます。調べてみます」

「もう一つ。日本政府は米国からの渡航者なら拒否しない可能性がある。一旦バンコクからワシントンに飛んだ飛行機に乗れば、米国に入国しなくてもいい。そのままワシントンから東京へ行けばいいんだ」

これを僕はアンジー救出ミッションのプランＡとした。当時、すでに仕事の拠点を小倉に移していた僕は、夜はホテルでプランＡの具現化作業に没頭していた。そして、かつてＣＮＮにいた記者の伝手を探し出し、ついにミャンマーとタイの間でカレン族を救援している米国チームに辿り着いた。本来、このチームはシリア難民を支援する専門家集団だったが、ミャンマーのカレン族難民支援も請け負っていることがわかったのだ。彼らの活動は、井戸先輩の情報と詳細まで一致していた。

キーマンとして仲介してくれた記者はワシントンにいた。仮にＭｒ．Ｋとしておく。

「なんだ、昭祐は、あの人とも仕事をしてたんだ。よく知っているよ、彼のこと」

「もう何十年も前の話です。僕は駆け出しで怒られてばかりでした」

「で、この件、昭祐はどうしたいの？　やり方は二つあると思う。第一案は、ＣＮＮでもＢＢＣでも大々的に使って世論を作る。第二案は、完全に秘密裏で救出チームを送る」

「今回は、第二案でお願いしたいです。彼女はまだミャンマー国内なので、メディアに出ると、国軍から狙われる危険性が増してしまいますので」

「ＯＫ！　じゃあ第二案で行こう。僕は中東専門だからミャンマーは詳しくないが、現地の仲間に連絡してみるよ」

その後、約束通りＫ氏は、ミャンマーのカレン族の難民キャンプで活動中の仲間を繋いでくれた。こちらの名前はＭｒ.Ｄとしておく。現場担当のＤ氏はジャングルにいてなかなか連絡が付かなかったが、彼と連絡が付いてからは、プランＡは現実味を持って動き出した。

ただし、このレベルのミッションがすんなり行くとは思っていない。資金もどれくらい必要になるか見えなかった。それでも人事を尽くしてからでなければ天命は待てない。やれるだけのことをしなくてはと考えた僕は、同時にプランＢも模索し始めた。

小倉に単身赴任している間、僕は誰にも話さなかった。というか話せない。本当は、自分一人の個人で何ができるのだという心の声も聞こえてくる。人の命を助けるのは、一瞬かもしれないが助けた命は生き続ける。僕自身に支援を続けていく覚悟と力量、経済力があるのかと、心の声は畳みかけてくる。

そんな自分自身に潰されそうになったとき、小倉で牧師をしているという桑田先輩を思い出し彼の教会を訪ねた。住所を頼りに行ってみると、十年前の彼はシンガーソングライターだったが、今では日曜日に信者に語るためにヘブライ語を直訳して神の言葉を探す作業に余念のない本物の牧師だった。

教会の二階の彼の部屋で、読み込まれた聖書や、初めて見るヘブライ語やラテン語の辞書を見ると、自身の学生時代にサンスクリット語の翻訳に苦労したことや、ヤンゴンでパーリ語の暗記に目が回っていたことが思い出された。キリスト教と仏教で宗教は違えども、真摯な求道者の桑田先輩の姿に好感と安心感しか湧かない。僕は、桑田先輩に心のなかの声をすべて聞いてもらった。すがる思いだったのかもしれない。

話を聞いてもらっているうちに、僕の頭のなかがまとまっていくのを感じた。

戦後長い間、軍政下で暮らしてきたミャンマー人は、軍に繋がりのない人は国の商売はできなかったはず。八十八年組などの民主化弾圧で家族や恋人を殺された人は今の国に面従腹背で生きてきたはず。ビルマ族と少数民族の間の軋轢は日本人には理解できない歴史の深い因縁がある。国軍による少数民族の弾圧で家を焼かれ目の前で親を殺された人、国軍が許せないが家族の安全のために闘うことはできない人、平和な日本に技能実習生で来た人、留学生で慌ててミャンマーに帰国した人。

一方、ミャンマーで出会った日本人には、会社の命令で会社に守られて行った人、アジア最後のフロンティアに一旗揚げようとしてリスクを背負って行った人。その上、クーデター発生後、変わらずミャンマーで暮らす人、軍政でもいいから平和に商売を続けたい人、戦時下の現地に自分の意思で残った人、日本に帰る場所がなくてミャンマーに残った人、日本や世界でミャンマー支援を訴え続ける人、日本でミャンマーに心を痛めて病んでしまう人。現地に乗り込んで支援する人。そのすべての人々の考え方が違うのは当然だった。

桑田先輩はすべてを聞いてくれた上で、僕に提案した。

「ミャンマーのことは、ニュースで聞いていたが、そこまで酷いことになっているとは知らなかった。もしよかったら今度、信者の前でミャンマーでの体験談を話してくれないか。そうしたら、何かミャンマーを助けることに繋がるかもしれない」

「ありがとうございます。今はまだ仲間が国軍に追われてミャンマー国内に隠れているので、国境を渡ることができたら、ぜひそうさせてください」

そして、桑田先輩は、ある信者のことを話してくれた。先輩の話では、かつて彼の教会にミャンマー人の信者が来ていたという。教会に来ていたミャンマー人はカレン族のクリスチャンだった。そのカレン族に聞いた話では、当時ミャンマーのジャングルに六つの難民キャンプがあったという。結局彼は日本で働いて作ったお金を持ってそのキャンプに戻って行ったのだという。それは、井戸さんの話をさらに裏付ける情報だった。

その夜、僕は小倉からアンジーに連絡を入れた。

◇アンジー編――明日へのプラン

数日ぶりの昭祐さんからの連絡は、夜遅い時間だった。

「アンジー。そちらの状況はどうだ？」

「昨日、警察と軍が来ました」

「それで？」

「住民登録をしろと言われましたが、できないですから、昨夜、逃げてきました」

「今は？」

「友人の知り合いの民家にいます」

「そこも長くはいれないということか」

「はい」

「これからのことだが」

「はい」

「目標は、日本への政治亡命でいいか？」

「私もそうしたいと考えていました。ですが、問題はたくさんあります」

「どんな方法にせよ、日本に来られた場合には、僕が身元保証人になる。難民申請もすることになるが、すでにアンジーを雇ってくれるという会社はいくつもある。千葉県の南房総の障がい者施設、神奈川県の小田原の蒲鉾メーカー、東京都の芝のエレベーター制作会社も。人材派遣をしていた河合先生も協力してくれるそうだ」

「でも、私にはパスポートがありません」

「それについては、いろいろな専門家に相談した」

「無理ですよね。私は不法入国ですから」

「ミャンマー側のカイン州にあるKNU（カレン民族同盟）の難民キャンプと米国大使館の間を繋ぐ救援チームがあるんだ。実際にカレン族が米国へ亡命できている実績も確認してる。すでにワシントンにいる友人を通して、米国の日系下院議員に米国大使館への後押しも頼んである」

「本当にそんなことができるのでしょうか？」

「米国の救援チームのD氏が、KNUの第六キャンプにいる。まず、彼を訪ねるんだ。D氏に合流できれば、米国チームは君をバンコクに連れて行ってくれる。すぐに米国に渡れるわけではないが、そこでの衣食住は無償で提供されることになっている。まず、これがプランAだ」

米国ルート！　私は英語は話せないわけではないが自信はなかった。何より怖かったのは、カイン州には中国マフィアを背景にした世界最大の人身売買の拠点がある。カイン州の中心都市であるミャワディでは難民女を売る悪い米国人がいることも聞いていた。昭祐さんは人を信じ過ぎるところがある。私の命は一つしかない。気付いたときはもう遅い。

昭祐さんとは、もしプランＡがダメだった場合のプランＢについても話し合ったが、こちらの方は、昭祐さんとはまったく意見が合わなかった。

「昭祐さん。ミャワディでは何でもお金で買うことができます。タイへの渡る通行証も、パスポートも偽造できます。そのお金を出していただけないですか？」

「アンジー。そのプランＢには反対だ。たとえタイ国内を偽造ＩＤで通過できたとしてもタイからの出国や、まして日本の入管は絶対に甘くない」

「どうして、近道があるのに選んではいけないのですか？」

「それが近道だからだ。僕の考えるプランＢは違う。もし、その近道でアンジーが日本に来れたとしても、君は実行犯でもないのに国軍将校を爆殺した人と見られる。その君を今の日本社会が受け入れるとは思えない。アンジーは信念を持って行動してきたはずだ。それならタイに渡ってからは、堂々と自分の信念を主張して、たとえ何年かかろうとも国連に難民申請するのが王道じゃないか。それが僕の考えるプランＢだ。それなら、いつの日かアンジーが日本に来れたとき、日本社会は君を受け入れられる。でも、最終的にどうするかは、アンジーが選ぶべきだろう」

その夜は、昭祐さんと意見が合わないまま話を終えた。ヤンゴンを離れてから、もうずっと思い通りにならないことばかり。今夜も雨の音は終わらない。私は雨の音を聞きながら疲れ切った心と身体を薄い布団に投げ出した。

昭祐編――東京ミッション

十一月上旬。僕は、小倉での出張仕事を終えて朝一の便で羽田空港へ戻った。東京は早くも師走の準備をする時期に入っていた。ミャンマーに関するニュースも減り、もはやミャンマー問題は忘れられつつあった。僕は、帰って来た東京でしかできない動きをしようとしていた。

一つは、永田町に向かうことだ。永田町には日本・ミャンマー友好議連の役員をはじめ、支援者の企業がミャンマーに進出していた与党議員で首相が所属する派閥の重鎮や、国際的な人権派の弁護士出身でミャンマーへの非難決議をいち早く国会でまとめた野党議員がいる。僕は彼らに膝詰めの陳情をして歩いた。ほかにも自民党の幹事長、元法相の大物議員など、いずれアンジーが日本へ政治亡命する際の布石を打つために動いた。

国会議員は皆、この案件の難しさをそれぞれの立場で理解していた。議員は皆口に出さずとも、ミャンマー案件が与野党幹部議員の利権構造に深く関わっていることを承知していた。ミャンマー問題に対して日本政府は何の力もないことも、むしろ国軍を後押しする存在であること

も承知していたが、どうにもできない。彼らは一様に世論が必要だと口を揃えた。

並行して、メディアのなかでこの人だけには話を聞いてほしいと思っていた記者がいた。ミャンマー問題は大手主要新聞もタブロイド紙も取り上げていたが、特にミャンマー政変のことを精確に伝えていたのが東名新聞社会部の南川記者だった。僕は霞が関の本社を訪ね、南川記者にこれまでの経緯すべてを話した。また、アンジーの独占インタビューについても相談した。

「おおむね状況はわかりました。國分さん、アンジーさんの取材、ぜひお願いします。そして、私にできる支援はさせてください」

「南川さん、ありがとうございます。今、彼女はまだミャンマー国内にいます。国境地帯はＫＮＵの実効支配地域もあると思いますが、現状ではミャンマー軍警察は彼女を拘束することも殺害することも可能です。彼女が河を渡ってタイに入れたら、オンラインで繋げます。」

「わかりました。メディアに出ることで彼女の危険性が高まることや、彼女が日本の読者に犯罪者のように思われる書き方は避けるようにします」

「ありがとうございます。ぜひ、お願い致します」

僕はこれから自分がやろうとしていることを第三者に見てもらうことで、自分が正しいことをしているのかどうかを見極めてもらいたいと思っていた。そして、いずれ現地に救援に行く際には、できるだけ精確な記録を残しておくことが必要だと考えていた。これは、自分自身に万が一の事があった場合の保険だ。いつしか僕は命懸けの作業を想定し始めていた。

◈アンジー編――選択

昭祐さんは、「最後は自分で道を選べ」と言った。私はこれまでもそうしてきたし、これからもそうする。でも今、私は昭祐さんと喧嘩するわけにはいかない。

私は、昭祐さんが教えてくれたD氏に連絡をしてみた。D氏に話を聞いてみると、いろいろ情報が違っていることがわかった。

まず、第六キャンプにいると言われたD氏だが、KNUの難民キャンプは六つでなく七つあり、彼は第七キャンプにいた。その第七キャンプにミャワディから向かうには、どうしても車が必要だった。現地は戦闘中なのだ。私には、金銭的にも安全面でもミャンマー国内を単独移動するのは難しかった。

さらに、電話でのD氏の話では、タイへの渡航は自力で渡ってほしいということだった。もしタイ側のメーソートに渡れたら、バンコクへ連れて行けるということだった。それができないから困っているというのに。

やはり、米国人を頼らずに自力でタイ側に抜ける方法を探すしかない。ミャワディには、タイ側に難民を行かせるエージェントが何人もいる。

私は、友人や匿ってもらっている家族に相談して、できるだけ信頼できるエージェントを探した。とにかくミャンマーから脱出することが最優先だ。昭祐さんは先の先までを心配して用意してくれているが、今を乗り越えられなければその先はない。

昭祐編――ソロキャンプ

小倉から帰った僕は孤独だった。相変わらず、身内だったり、僕のことを親身になって心配してくれる人たちほど、説明できないことが大きなストレスだった。

「昭祐君、身元保証人になってミャンマー難民を受け入れるだって？　どうしてわざわざ國分家に災いを呼び込むのだ？　今、一番、國分家にとって大事なことは受験生の娘さんに寄り添ってあげることではないのか？」

「アンジーは、昭祐さんがアメリカの議員まで口説いて用意できた方法を選ばないと言うのでしょう。それは昭祐さんを信用しないというのと同じ意味でしょう」

「アンジーにはアンジーの人生があるのでは。反対したのに不正でも偽造でもパスポートを作りたいと言うのなら、昭祐はその費用までは出してあげて、それで彼女への支援を切り上げる。後は勝手に生きなさいというしかないんじゃないの？」

「そのミャンマー人の気持ちは同じミャンマー人としてよくわかります。でも、もし昭祐さん

が彼女への支援を途中で止めたら彼女は昭祐さんを恨むでしょう。そして、昭祐さんの性格では、彼女の顔を見ては支援を断るとは言えないでしょう」

すでに日本は冬だったが、コロナ禍でソロキャンプが流行していたのをいいことに、僕はバイクにテントを積んで山梨県の身延へ出かけた。誰かに相談したいのに誰とも話したくない。自分自身で決めなければならないこともわかっていた。それにはソロキャンプはちょうど良かったのである。

十一月中旬、甲府盆地の夜景を見ながら焚火を相談相手に朝まで自問自答した。冬の身延の寒さは身体に堪えたが、頭は冴えてきて自分の気持ちは誤魔化せない。

「自分はどうしてそこまでやるのか？」

焚火の炎は僕に語りかけてくる。答えた自分は、本当の懺悔の声だった。

「お前は、また繰り返すのか？　お前のために働いてくれた仲間にお前は何をした？」

見つめた炎に浮かんでは消える顔は、これまで日本で独立してから僕を支えてくれた仲間たちだった。僕は彼らに不義理のままだった。その上僕は、ミャンマーに行くとき、彼らが一緒に守って育ててくれた日本の法人を事実上凍結していた。

「お前は、彼らに何の感謝の気持ちもないのか」

そんな自分が別の国で新たな会社を立ち上げても上手くいくはずがない。

「また、身勝手に仲間を見捨てるのか？」

「そんなことはできない」

僕は身延の炎に対してそう言い返した。アンジーに対して軍政下を重々承知の上で、海外メディアのＣＥＯをお願いしなければこんなことにはならなかった。リスクを承知で受けてくれたアンジーに対して自分には責任がある。

「ヤンゴンで、ミャンマーの若者たちに、武士に二言はないと教えたのはお前自身だ」

確かに僕は助けると約束した。

「お前の家族はほったらかしだった。人としてそれはどうなのか？」

娘は父が何をしているか知っている。途中で辞める父の背中は見せられない。

「一度、支援すると決めたら、戦時下にいる相手の気持ちがどう変わろうが、自分の決めたことは愚直に続けるしかない。一歩も引くな。成らぬものは成らぬのだ」

そう、ご先祖様は会津武士だった。

「この国難にミャンマーの若者が生き残り、日本で実力を養うのを手伝い、そしていつかあの国を立て直してほしいと念願したのではないのか」

人は石垣。人は城。ヤンゴンにはもう城はないが、人は守らなければならない。

富士山に朝焼けがかかる暁のころ、僕は一杯の珈琲を飲んで、腹を括った。

◆アンジー編——戻れない河

次に昭祐さんから届いた電話は、少し雰囲気が違っていた。

「アンジー。そっちはどう?」

「D氏は、K氏が言っていることとは違うことを言っていました」

「そうなのか。それで、アンジーはどうしたい?」

「私は、カレン族のエージェントを信じて河を渡ります」

「アンジーがそう決めたら、そうするといい。僕の考えは平和な日本で考えた道。アンジーは戦時下で考えた道。アンジーは、現場で自分が判断した道を信じていい」

「ありがとうございます。いつ河が渡れるか決まったら連絡します」

「アンジーが河を渡ったら、僕もそこに行く」

「はい」

「一つお願いがある。日本でミャンマーについて報道しているジャーナリストで、僕がもっとも信頼している記者がいる。彼の取材を受けてほしい」

「わかりました。大丈夫です」

「ありがとう。取材する際には顔と名前は出さない。とにかく、アンジーがどんな思いで、何をしてきたか、今のミャンマーについて想うことすべてを語ってほしい。ミャンマーの真実を世界に報せよう」

「はい。わかりました」

そしてミャンマーの雨季は終わろうとしていた。私は河の水位が下がるのを待っていた。

友好橋はミャンマーとタイ両国の正面玄関だ。友好橋の欄干の下には、螺旋状に有刺鉄線が巻き付けられている。橋の両側にイミグレーションゲートがあり、外国人はこの橋を通過しなければならない。

両岸に暮らすローカルの人たちは、船を利用して橋より安く河を渡ることができた。川岸には中古車が何十台も並べられていて、大きな倉庫のなかには自転車から食器まであらゆるものが詰め込まれている。川原にはコンクリートで斜面を造っただけの桟橋もあり、屋根のない二十人くらいが乗れそうなボートで人や物資が往来していた。

川幅は二十五メートル程度。たったそれだけの距離でも、身分証明書を持たない私のような者にとっては危険だ。だからこそ、手引きをする闇の専門業者が複数存在した。

友好橋の上流や下流には手が届きそうなくらいに川幅の狭い場所があることもわかっていた。それは対岸のレストランのテーブルに置かれた料理が見えるほどの近さで、水位が下がれば中洲も見えて、両岸の子どもたちが泳いで遊ぶほどだ。子どもたちは皆パンツ一枚。身分証明書など持っていない。

ただし、そういう場所は監視されている。そこも見晴らしの良い場所に小さな小屋があり、なかに自動小銃を抱えて監視する兵士が二名一組で配置されている。実際に捕まった話も聞いていた。やはりカレン族のエージェントを信じるしかない。

カレン族は心の優しい人たちかもしれない。しかし、根本的に私たちビルマ族は、少数民族との信頼関係は何世代も前からない。昭祐さんは嫌がるのであまり言わなかったが、ミャンマー人なら説明は不要なことだ。

いよいよ決行する日がやってきた。一度渡ったら戻れない河を渡ることになる。

雨は上がった。今夜は、満天の星空が見える。

第3章　風に舞う塵

◆アンジー編――国境越え

十一月下旬。夜明け前の早朝四時。漆黒の桟橋で私はついにボートに乗った。ここからは違法入国だ。

もはや自分の心臓の鼓動しか聞こえず、足元以外の周囲を見る余裕もなかった。河はさほど大きくない。手の届きそうな対岸の前で命を落とす者がいる。国境の河は、ミャンマーとタイを隔てるだけでなく、生と死の間に流れる河でもあった。ほんの十数メートルしかない河を渡るのは屋根もない小さなボートだ。この地域の住民になりすますためだけの意味のない雑多な荷物が積まれ、ボートの客は私一人だった。船頭のほかに一人の国境越えのエージェントが乗り込んでいる。私は、ボートに乗り込んだ後は目を閉じてしまった。脳裏には、走馬灯のように幾人かの顔が浮かんでは消えた。気丈に唇をかみしめているお母さん。そして、拷問を受けて血まみれになっているかもしれないジョー。まだ闘っている多くの人々がいるのに、こうして逃げている私。そう、私は絶対生き延びてやる。そして、国軍を倒す。どうか仏様、彼らに制裁を。私は、最後に見た金色に輝くシュエダゴン・パヤーを思い浮かべていた。するとふいに、ゴンという鈍い音と共にボートが大きく揺れた。対岸に着いたのだ。私はそこで目を開けた。

ボートは簡単な船着き場に横付けに停められた。船頭が杭にロープを巻き付けていた。暗い中でエージェントが低い声で早く降りろと言っているのがわかった。

こうして私は、タイへ渡った。タイ側の土を踏んで数歩を歩いたとき、私はこれまで我慢してきたいろいろな不安と安心感が一気に噴き出してきた。涙が溢れて止まらなかった。これで、もう命の心配をしなければならない異常な状態から脱することができたのだ。

私が越境に成功した同じ週、悪徳業者に高額な費用を騙し取られたミャンマー難民たちが、友好橋の有刺鉄線の下で逮捕され強制連行されていた。

タイ側国境での潜伏先は、ヤンゴンのＣＤＭ仲間から難民を受け入れてくれるアパートがあることは知らされていた。隠れ家となったアパートの大家も、八八年のクーデターでタイに亡命してきたカレン族だった。私の姿にかつての自分を重ねたようで、とても親切だった。この街には私のようなミャンマーからの逃亡者がたくさん暮らしているということだった。

ここはタイ北西部の街、メーソート。モエイ河からタイの内陸へ七キロ入ったところにある小さな街だ。

メーソートには、寺院、学校、市場、ホテル、ショッピングセンターがあった。ミャンマー人も多く見かける。ここから南のバンコクへは長距離バスで九時間、四百キロの距離だ。ＩＤさえあればすぐにでも行けるのに。ただ、今は我慢して祈るしかない。

私は、通りで見かけた白亜のパゴダのある寺院を参拝しに行った。境内には大きな涅槃像（ねはんぞう）が横たわっていた。涅槃像の胸の前で膝を揃えて座ると、私以外に誰もいない。私は、とても静かに感謝のお祈りをした。こんな静かな気持ちになれたのは、ヤンゴンを出てから初めてだった。そこで私はやっと昭祐さんに連絡しなくてはと気付いた。

昭祐編――EVERYTHING WILL BE OK

アンジーから連絡が入ったのは、日本時間の正午だった。

「アンジーか？　渡れたのか？」

「はい」

「そうか。渡ったか。大丈夫か？」

「はい」

「宿は？」

「ヤンゴンの仲間がこっちにいるので紹介してもらいました」

「EVERYTHING WILL BE OK ということか」

「そうです。EVERYTHING WILL BE OK です」

その言葉は、この二〇二一年の三月三日にマンダレーのデモで撃たれて亡くなった「エンジェル」こと、十九歳のチェー・シンさんが身に着けていた黒いTシャツに書かれていた言葉だ。その伝説となった少女は、もし自分が死んだら、角膜や臓器を提供したいとフェイスブックに投稿してからデモに参加していた。

そのころミャンマーでは、ヤンゴンやマンダレーなどの主要都市で小規模のフラッシュモブ的なデモが繰り返されていた。

一方、日本では、札幌、東京、横浜、名古屋、静岡、大阪、京都、福岡、高知、沖縄など各地でミャンマー国軍の暴挙を非難するデモや寄付が行われていた。

僕は自分にしかできないことをやろうと決めていた。僕のやろうとしていることは、たった一人のミャンマー難民の救援に過ぎないかもしれない。しかし、もしもそのハードルが、何千万人にも同じハードルだったら。自分が小さな一石を投げ込むことで、何か波紋の連鎖が起こるかもしれない。何もしないわけにはいかない。ただ、それだけだった。僕は、計画を第二段階に進めることにした。

僕は東名新聞の南川記者にアンジーの無事を報告した。

「南川さん、アンジーがタイに入りました。これで最低限の危険性だけはクリアしました。オンラインインタビュー、やりましょう」

「わかりました。次の週末で時間調整願います」

その週の日曜日の昼、南川記者が、休日を返上して時間通りに来てくれた。

「それでは南川さん、アンジーに繋ぎますね」

僕はメーソートの潜伏先にネット経由でアクセスした。パソコン画面にアンジーの姿が映った。

「アンジー、見える？　こちらが東名新聞の南川記者」

「初めまして。東名新聞の南川です。今日はよろしくお願いします」

「アンジーです。こちらこそお願いします」

「最初に、プロフィールの確認をよろしいですか。記事ではお名前をAさんと記載します」

その後、南川記者の取材は二時間を超えて行われた。取材は、アンジーの家族構成の確認からはじまり、クーデター後のCDM活動からPDF活動への推移、ジョーたちとの出会いへと質問は続いた。二人のやり取りを横で聞いていた僕は、思わず割り込んだりもした。

「アンジー。あのころ、ラルフに子どもが産まれて、出産祝いのお金を送ったよね。結局ラルフには届かなかったから、チーピャーにもう一度お金を送って届けさせたけど、まさかあのときのお金は爆弾の材料費になってしまったのか？」

「あれは……そうです。すみません」

「なんと」南川記者の質問はさらに続いた。

「アンジーさん。弾圧を受けても抵抗を続けていく理由を教えてください」

「前体制の軍政時代、富は一部の権力者層が握るだけで、国民には富はもちろん自由もありませんでした。民主化された後も、結局は権力を持った国軍に私たちは未来を奪われているんです。危険は承知していました。それでも国軍の支配を早く終わらせなければ、若い人の命がもっと失われてしまいます」

南川記者とアンジーのオンライン取材は、その後、年末年始を跨いで合計三回行われ、翌年五月、三本指を掲げたアンジーの後姿の写真とともに東名新聞特報欄に見開きの記事で大きく掲載された。

大阪の人権団体の発表では、翌年三月時点で千七百二十二人が殺害され、ミャンマー全国で八十六万人の国内避難者があり、その内クーデター後の避難者は四十九万人。その数は一年後には百六十万人を超えていく。国連人権高等弁務官は、当時千四百万人が人道援助を緊急に必要としていると訴えた。それはミャンマー全人口の四分一にあたる人数だった。

年が明けた二〇二二年。僕はもう一つの約束を果たそうとしていた。現地入りである。

爆死体

アンジーから新たな悲報が届いたのは、僕がタイへの渡航準備をしている最中だった。

「昭祐さん。私、もう一度ミャンマーに行きたい」

「何？　偽造パスポートの話？　それはバンコクで再発行に挑戦するはずでは？」

「いいえ。その話ではありません。実は、カレン族の基地で従弟が死にました」

「従弟が死んだって？　一体どういうこと？」

この日のアンジーとの電話は途中で良く電波が途切れた。繋がっているときでも電話の向こう側に何やら轟音のような響きが聞こえる。

「アンジー、後ろの音は何？」

「空爆です。河向こうの山の空が赤く染まっています」

アンジーの話では、幼少のころから、兄弟のように一つ屋根の下で暮らしてきたルインという歳下の従弟がいたが、アンジーが逃亡した後、ルインはＫＮＬＡ（カレン民族解放軍）の軍事訓練に参加していた。そのルインが秘密基地への空爆により爆死したことを知らされたのだという。

ＫＮＵ（カレン民族同盟）の軍事部門であるＫＮＬＡ（カレン民族解放軍）は、一九四八年のビルマの英国独立時からほかの少数民族とは志向を別にした独立を目指す、カレン族の軍組織だった。その背景には英国の民族分離戦略があり、今もミャンマーでもっとも血の流れている地の一つといえた。

問題は、爆死したルインの写真を見たアンジーがその遺骨を取りに行きたいと言い出したことだった。命懸けで河を渡って来たというのに、感覚が麻痺している。僕はその写真を転送してもらって確認した。

写真は三枚だった。一枚目は、ルインの遺骨で赤い土鍋のような入れ物に収められていた。そして二枚目の遺体だという写真は、洞窟のなかに横たえられた、頭と片腕、片脚もない緑色の物体だった。一秒以上は正視できず、思わず吐き気がした。緑色に見えたのは洞窟の光のせいか、高温多湿で腐敗したせいなのかわからない。

僕たちは映画では遺体も人が殺されるシーンも観ている。しかしこの写真を見たのは、自分の良く知る人から一緒に暮らして来た人だと言われた直後だった。もしかしたら自分のなかの何かが、自分にも起こり得るかもしれないという恐怖が吐き気になって現れたのかもしれない。

最後の写真は、遺品を集めたものらしい。左半分だけの軍服で燃え残った部分に小さな腕章が見える。下半分が青地に白の五芒星、上半分は旧日本海軍の旭日旗。それは、ＫＮＬＡの紋章だった。その半分燃えた軍服の上に短い棒のようなものが置いてあった。アンジーの母親がルインに軍事訓練に行くときに持たせたもので、それで遺体は従弟とわかったのだという。

とにかく、僕はアンジーがどうしても行くというのであれば、後は現地で合流してから相談しようとだけ話した。

再会

海外に出るのは、二年ぶりだった。

今回は、僕は気心のしれた仕事仲間を呼び寄せていた。日本からは学生時代からの盟友で腹心の伊賀上を、タイからは通訳ガイドのプーを呼んで三人はバンコクの空港で合流した。

伊賀上とプーは、かつて世界の仏教国の代表者を集めてバンコクの国連会議場で国際平和会議を企画運営した仲間だった。二人には今回の渡航の背景や経緯を話した後、メーソートに逃げてきたアンジーを日本へ政治亡命させる方法を探ることが今回のミッションであることを明かした。

アンジーの話では、ミャンマー国軍は一般市民のなかに「ダラン」という密告者を仕込んで反軍思想を持つ者を逮捕しているという。それが今から行くメーソートにも派遣されており、先月もメーソートの空港で「ダラン」によって密告されたＮＬＤ党議員が逮捕され強制送還されていた。

「アンジーさんは、身分証明書を持っていますか？」

タイの旅行ガイドの免許を持つプーが心配そうな顔をして聞いた。

「残念ながら、何も持っていない。ヤンゴンの事務所にパスポートも置いたまま、着の身着のままで逃げて来たから」

「それでは、タイの国内は彼女はどこにも行けません。とても危ない。タイの警察は怖いです。私も捕まります」

「プーに危ないことはさせない。向こうに着いたらプーと伊賀上は常に一緒に行動して。作業は顎脚枕（あごあしまくら）の手配だけで大丈夫だから」

「ミャンマーには入るの？　さすがにあんたはまずいやろ」

アンジーの従弟の遺骨と遺体の写真は伊賀上には見せていた。彼はアンジーが従弟の遺骨を取りにミャンマーに行きたいと考えていることも知っている。

「普通はメーソートからビザなしで河の対岸のミャワディまでは行けるが、アンジーと僕は、確かにまずい。行けるとすれば」

僕は、伊賀上を上目遣いで見た。

「俺はあかん！　そらあかんて。向こう側でラルフが待っててくれるならまだわかるけど」

伊賀上はヤンゴンの事務所にも何度か来たことがあり、アンジーやラルフとも会っていた。

「とにかく、向こうに行ってみないと、わからん。後は、現地で相談しよう」

そして、僕たち三人を乗せた長距離バスはメーソートに向けて出発した。気が付くとまた雨がふわっと降り出していた。


メーソートに着いたのは早朝四時だった。辺りは未だ暗く、音のしない霧のような静かな雨が降っていた。アンジーには迎えには来るなと言っておいた。会いたい気持ちはこちらも同じだったが、現地の状況が見えない僕の警戒心は過敏になっていた。念には念を入れてアンジーとすぐに合流するのを避けたのである。

一旦ホテルのロビーで朝を待った僕らは部屋で荷を解き、警察や軍の姿の見えないことを確認してから待ち合わせ場所の大きな外資系デパートのファーストフード店に向かった。

昼前、ついに再会の時は来た。二年ぶりに逢うアンジーは、少しやつれていた。無理もない。

「昭祐さん。伊賀上さん、お久しぶりです」

「無事で何より」

「生きてるだけで丸儲け。って、こういうことやな」

僕たちは、コーラとハンバーガーなどを注文して席に着いた。かつてヤンゴンの空港でよくそうして打ち合わせをしたことを思い出した。

「アンジー。お父さんと、従弟は、本当に残念だった」

僕はアンジーの家族にはヤンゴンで会っていた。お母さんはさぞかし心配しているだろう。

「ありがとうございます。母は元気です」

「そうか。良かった。それとこれ、お土産。鎌倉の大仏様」

アンジーに頼まれていたのは、小さな鎌倉の大仏のレプリカだった。どうしても部屋に安置したかったらしい。アンジーの顔はやっとほころんだ気がした。

そして僕たちはスーツケースに詰め込まれた土産を持ってアンジーの隠れ家の近くまで移動した。念のため目的地の少し手前の路地でタクシーを降りて車を帰し、車が見えなくなってから荷物を持って歩いた。尾行やタクシー運転手の記憶から居場所が特定されることを少しでも防ぐためだ。目的地はそこから少し離れた部落だった。部落にはほぼ手作りされたような家が並んでいた。鶏と一緒に裸足の子どもたちが走り回っている。江戸時代の長屋のような風景だ。柱も壁も床も竹製の家がある。

長屋のなかの一つの小屋を案内され、高床式の部屋に上がると、なかはさっぱりしていてくつろげた。そこがアンジーの部屋だった。

アンジーの部屋の隅に唯一の家具らしい木製の丸いテーブルがあり、小さなコップに花が飾られていた。アンジーはそこに小さな鎌倉の大仏を安置した。僕たちはみんなでミニ大仏に手を合わせて、アンジーのお父さんと従弟の冥福を祈り、ミャンマーの平和を念願した。

アンジーは振り返り、ゆっくり話し始めた。

「この部落で暮らす人たちは、ずっと前から続く内戦から逃れて来た人たちです」

「すると、彼らは身分証明書がないままずっと暮らしている？」

「はい」

「あの子どもたちは？」

「あの子たちの親には国籍もないですし、難民申請もしていないので」

「ここにも難民にもなれない子どもたちがいたか」

「そうです」

「アンジーさんは、普段どうしているの？」

プーが聞いた。アンジーとプーは二人とも日本語が話せたので、我々は日本人とミャンマー人とタイ人の寄り合いだったが、日本語で何でも話し合うことができた。

「私は最近は近所の子どもたちに勉強を教えています」

逃亡生活というのは経済的な問題と同じかそれ以上に精神的な厳しさがある。僕はアンジーにここでやることがあるのは良かったと思った。

「昭祐さん、紹介したい人たちがいます」

それは長屋の皆さんだった。難民生活の先輩たちだ。最初は隣の家の夫婦で、アンジーが来たばかりのころ、怯えて部屋から出られない彼女のために市場に野菜を買いに行ってくれたという年配のおばさんだった。話を聞いてみるとそのおばさん夫婦は八八年のクーデターの前まではバゴーで商売をしていたが、すべてを捨ててこちら逃げて来たのだと言う。どうやって生計を立てたのかと聞いてみると、川に行って貝を採り、それを路上で売ったと言って笑った。今もその生活は変わっていない。

続いてもう一人、品のある女性も紹介された。話を聞いてみると、ヤンゴンで暮らしていたが、大学生の娘が家を出てカレン族の軍事訓練に参加してしまい、その娘がこの街に逃げていると聞き及び、娘を追ってやって来た母親だった。その娘は見当たらないので聞いてみると、同じような状況の学生たちと一緒に近くに部屋を借りて隠れているらしい。

その娘の名前はケリー。ヤンゴンのＣＤＭ活動ではリーダー的な役割を果たした学生の一人だった。アンジーはケリーとヤンゴンのＣＤＭで出逢っていて、アンジーはメーソートに向かうことを彼女に伝えた。そして、この部落にアンジーを導いたのがケリーだった。

気が付くとすでに夕方になっていた。

「私は夕方の六時から夜九時まで、この近くで子どもたちに勉強を教えているのです」

「見に行っていい？」

「どうぞいらしてください」

僕たちが案内されたその場所は、数軒の小屋が雑木林の中に集まった小さな集落だった。小屋にはそれぞれ一家族ごとに住んでいる様子だった。小屋の柱や床は木材だったが、屋根は何かの大きな葉だった。そのなかの一軒の家から光が漏れていて、子どもたちの声が聞こえてきた。

「ここが教室です。普段は、あちらの家族が住んでいますが、夕方の時間だけ子どもたちの勉強のために家を空けてくれるのです」

たしかに、暗くなり始めた家の外で、一人の老婆とその息子だろうか、男性が煙草を吸いながら大きな木の根に座っていた。アンジーとともに僕らがお菓子や飲み物を持って現れると、彼は微笑んで道をあけてくれた。

入口の柱に手を掛けたとき、柱の上のほうにいたヤモリと目が合った。この家の守り神らしい。僕はヤモリに軽く会釈して家に上がった。入ってみると部屋は一つだけ。広さは八畳くらいで特に家具はなかった。小学一年生くらいから中学生くらいの子どもたち数人が輪になって床に伏せるようにして一生懸命に何かをノートに書いていた。

子どもたちには机も椅子もないので、短い鉛筆を握りしめて、目の前の床に置かれたノートに習った内容を必死に書き込むために身体を折り曲げて勉強していた。学年はそれぞれなので内容もそれぞれだがビルマ語や算数の勉強をしているようだ。

ここで、伊賀上は季節外れのサンタクロースのようになって子どもたちにお菓子や飲み物を配り始めた。子ども達の歓声があがり、ほっこりした教室の窓には、近所の大人たちが鈴なりになって嬉しそうになかを覗いている。小さな子どもを抱いている母親もいた。まだ勉強には早い乳幼児も何人もいた。そんな子どもたちには、プーが出て行ってお菓子や小さな乳製品を配って歩いた。

この部落の子どもたちは学校に行けていなかった。そこへヤンゴンの大学を出たアンジーが流れて来たので、難民が難民のこどもたちに勉強を教えているのだった。親も子どもも、先生も生徒もみんな〝難民にもなれない人たち〟だった。

アンジーも、数ヵ月に渡る逃亡生活で部屋に隠れているだけの生活に耐えられなかったのだろう。メーソートでこの集落の人たちに受け入れられて助けてもらうなかで、何か恩返しがしたくて始めたことはアンジーにとって遣り甲斐があった。それは部落の人たちにとても喜ばれたし、何より子どもたちの笑顔が逃亡生活で荒れた心を癒やしたのである。

我々がそろそろ帰ろうとしたとき、アンジーが大きな声で子どもたちに言った。

「はい。注目！　今日は、昭祐さん、伊賀上さん、プーさんにたくさんプレゼントをいただきました。日本語で、御礼を言いましょう！」

子どもたちにはそんなことも楽しいようで、大きな可愛い声が響いた。

「あーりーがーとー」

「はい。良くできました。そしてもう一つ発表があります。この教室に名前を付けたいと思います」

名付けた。

アンジーは、この学校の名前を、「エインミャウン・チャン」日本語で「ヤモリの学校」と

「わー変な名前〜」

「エインミャウン・チャンです」

「え〜どんな名前〜」

翌日、僕たちは、ケリーの家を訪ねることにした。今回はSONYの4KビデオカメラHXR-NX80を持参している。

僕はアンジーをすぐには日本に連れて来られそうにないと想定し、せめて彼女の今の気持ちと声を記録して持ち帰り、今後の展開に活用しようと考えていた。

しかし、現地に来て知ったことは、国境から十キロの地点にはタイ政府が運営する三万人を収容する難民キャンプがあるにも関わらず、実際には、国境と正規の難民キャンプの間の数キロの範囲内に多くの〝難民にもなれない人たち〟が存在していた。

僕は、そんな彼らの声も録画しておこうと決めた。ラカインでも国境を越えたタイでも、ミャンマーの人々の本当の気持ちや声は、今も昔も、世界に伝えられていない。そう強く感じたからである。

難民テラス

ケリーの隠れ家は、白い壁の大きな家だった。いくつか部屋数のある二階建ての一軒家だったが、一階にも二階にも若者たちがいて、大学生のサークルが合宿をしているかのようにも見えた。

最初にアンジーに気付いてドアを開け僕たちを迎え入れてくれたのがケリーだった。

未だ十代に見えるあどけない顔で、髪はソバージュ。小柄で可愛らしい娘だった。話を聞いてみると、彼女はヤンゴンの裕福な家庭に育ち、バイオリンを弾く大学生だったという。そんな彼女も国軍の非道を許すことができず、ＣＤＭからやがてＰＤＦに移行し、気が付けばカヤー州で軍事訓練を受けるまでになっていた。

ミャンマー東部に位置し、タイと国境を接するカヤー州は、八八年以前の名称はカレンニー州と呼ばれていた。カレンニーとはカレン族の分派であり、ビルマ語の「ニー」は「赤」を意味するので「赤カレン族」とも訳される。

国軍はこのカレンニー族に対して強制移住や幾多の弾圧、民族浄化活動を行ってきた。さらに国軍に呼応した民主カレン仏教徒軍に対しても、自主独立を目指すカレンニー軍との間で激しい銃撃戦が頻繁に行われている地域だった。

メーソートから三百キロ程度北のジャングルではKNPP（カレンニー民族進歩党）の軍事部門であるKA（カレンニー軍）が軍事訓練を行っており、ケリーはそこでバイオリンを銃に持ち替えたのだ。その後、ケリーは多くの難民とともに国境を越えてメーソートに避難し、ミャンマー難民のタイへの国外逃亡を支援していた。僕は彼女にさらに質問をした。ケリーは綺麗な英語で丁寧に答えてくれた。

「メーソートでの暮らしは何が大変？」

「密告を警戒する毎日ですが、あのジャングルに比べたら天国です」

「その髪は良く似合っていますがメーソートの美容院で？」

「この髪は、ジャングルにいたときに友達がやってくれました」

ジャングルのなかで、一体どうやればソバージュにみえる髪ができるのかわからなかったが、髪を褒められた彼女の笑顔は、ごく普通の女の子だった。そして、この家に住んでいる若者たちは皆、ケリーの存在を口コミで聞いて頼ってきた者たちだという。

僕は、彼らがどんな想いでこの家に辿り着いたのか聞いてみたいと思い、ケリーに頼んでみると、彼女はこの家の若者たち全員を呼び集めてくれた。あっという間に男女合わせて二十名近い若者たちが二階のテラスに集まって来た。皆、十代から二十代のようだ。僕は心のなかでこの家を「難民テラス」と名付けた。

国軍と闘う若い世代は「ジェネレーションZ」と呼ばれているが、彼らの一つ上の世代は遡って「ジェネレーションY」と呼ぶ。同じようにかつて軍政府と闘って生き残った世代だが、Y世代はZ世代を支援する側に回っていた。「難民テラス」もそんなY世代が資金を出して借主になりZ世代に提供するセーフハウスだったのだ。

僕は人数を数えると伊賀上とプーに、インタビューの謝礼に彼ら全員に配れる食べ物と飲み物を買ってくるように頼んだ。そして若者たちに扇形に座ってもらうと、三脚を取り出して全員を見渡せる位置に置き、カメラとマイクを設置した。こうして「難民テラス」は、テレビの教育番組のスタジオのようになった。

「ミンガラバー！　日本から来ました國分昭祐といいます」

僕が大きな声で挨拶をすれば、若者たちからも元気な声で返事が返ってくる。

「皆さんご承知のとおり、今、ミャンマーで起きている本当のことは、海外メディアが締め出されているせいで世界になかなか伝わりません。もし良ければ、みんなの体験を聞かせてください。僕はそれを録画して日本に持ち帰り、しかるべき人に届けます」

一瞬、彼らは顔を見合わせたが、すぐに僕を真っ直ぐに見つめ始めた。僕を信用すべきかどうかを検討しているのだとわかる。

「最初に伺いますね。ここにカメラがあります。カメラに皆さんの顔や声や、皆さんが誰なのかわかってしまうことがNGな人は教えてください。その場合はこの映像は秘密にします。ダメな人は手を挙げてください」

手を挙げる時間はばらばらだったが、ほぼ全員の手が挙がった。ここに集まった若者たちは、全員、国軍から指名手配されて命を狙われ、国外逃亡を余儀なくされた者たちだったのだ。

「わかりました。心配しないで。では、カメラは記録のためだけに使わせてください。このなかで英語を話せる人は手を挙げてもらえますか？」

手が挙がったのは意外に少なかった。おそらく政治の専門用語や、ネイティブと同じくらい話せなければ話せるとは言えないと考えたのかもしれない。あるいは警戒したのだろう。

「ＯＫ。では、アンジーに通訳をしてもらうので、ビルマ語で話してください。まずは、皆さんが言える範囲でいいので自己紹介をお願いします」

本来こういう場所では互いの素性などは聞かないことが暗黙のルールだった。国軍に特殊な訓練を受けた密告者がどこに潜んでいるかは誰にもわからなかったのである。それでも彼らは、僕のリクエストに応える形で、順番に名前、民族、出身地、年齢、所属などのプロフィールを話してくれた。なかでも目を引いたのは、まだあどけない十代と見える華奢な女の子だった。

「私の名前はメイです。ビルマ族です。ヤンゴンから来ました。十七歳。高校生です」

「十七歳！　一人でここまで逃げて来たの？」

「はい」

「そうだったの。あなたも軍事訓練を受けていたの？」

「はい」

「どんな訓練したのですか？」

「私はＭ１６でした」

「あれは、重いですよね」

「いいえ。ＡＫ４７のほうが重かったので」

Ｍ１６は、ベトナム戦争時代に米国陸軍制式ライフルに採用された高性能ライフルで、重さは三千五百グラム。ＡＫ４７は、朝鮮戦争時代にソ連軍で制式採用されてから世界でもっとも多く生産されたアサルトライフルで、重さは四千三百グラム。一年前まで普通の高校生だった女の子が、今は実弾射撃訓練を通して銃の重さだけでなく性能までよく理解していた。

マッチョ体系の二十代半ばの男性が横から補足した。

「このなかには、訓練経験だけの人も、実戦を経験している人もいますが、ＫＡやＫＮＬの軍事訓練で厳しい基礎体力訓練、実射訓練までは全員経験しています」

ハルクと名乗ったマッチョな彼はそう英語で語った。

「皆さんに伺いますが、クーデターがなければみんなは軍事訓練どころか、武器を持つことさえなかったんですよね？」

全員が強くもちろんだと答えた。

「では、これは仮にですが、皆さんのなかで、百メートル先の兵士の眉間を撃ち抜くことができる人はいますか？」

ハルクが目線を下げながら手を挙げた。

「自分は百メートル先ならば敵の眉間を撃ち抜くことはできます」

「ハルクさんはスナイパーの訓練を受けたの？」

「いいえ。高価な狙撃銃は自分の所属した少数民族軍には手に入らず、入ったとしても自分たちまでは回って来ない」

もう一人、自己紹介で気になった発言をしていた若い女性がいたので聞いてみた。

「あの、先ほど、自己紹介では税務署で働いていたと言われましたね」

「はい。私はヤンゴンの税務署に勤務していました」

「国軍政府は、ＣＤＭを止めて職場復帰の命令も出していましたね。税務署に戻ったほうが安全だとは思いませんでしたか？」

「私は、税務署にいましたので、すでに市の財政が破綻していることも知っていました。ここへ逃げて来たのは、両親が逃げることになって一緒に来ました」

「ご両親は今どちらに？」

「ここから少し離れた場所に隠れています。私の父は、ＮＬＤ党の国会議員です」

そのとき、遅れてやって来た背の高い若者が膝を抱えて座った。ハルクが彼を指して紹介してくれた。

「彼は、軍人でした。三日前に軍から逃げてここへ来たのです」

自国民を殺害する命令に耐え切れず軍籍を放棄して逃亡する兵士が出ているという話は聞いてはいたが、彼がどんなに危険な立場にあるか一般の日本人で理解するのはかなり難しい。彼は、目で挨拶を交わすと名前は言わなかった。とてもハンサムな青年だ。

「大変でしたね。ここに来た印象はいかがですか？」

「ここは、皆さんとても親切で。本当に来れて良かったです」

「正直、軍人だったあなたがこうした反軍組織に来ることは、逆に怖くなかったですか？」

「この家の皆さんは、自分を信じて受け入れてくれました。感謝しています」

彼は既婚者だった。若い妻も連れて一緒に逃げて来ていた。口数は少ないがここへ辿り着くまで、この若い夫婦は壮絶な道のりを歩いたに違いない。彼の妻に今後のことを聞いてみた。

「主人が軍を辞めてくれて良かったと思っています。これから二人で新しい生活を探します」

もう一人英語が話せる、長い髪を後ろで束ねたエキゾチックな風貌の男性が手を挙げた。

「俺はマイク。ビルマ族とカレン族のハーフ。二十八歳」

「マイクさんのご両親はどちらに？」

「母が一人。インセイン（刑務所）にいる。もう長く会ってない」

母親のことを話そうとした彼は顔を歪めた。もし多くの政治犯を収容する悪名高いインセイン刑務所にカレン族の母親が服役しているなら、マイク親子は、筆舌に尽し難い苦難を受けている。一呼吸、間をおいて気を取り直した彼は、力強く語った。

「あなたが日本人なら日本政府に伝えてほしい。なぜ日本政府は国軍政府を認めているのか。なぜ欧米のように国軍政府に制裁をしないのか」

「僕はこの映像を日本に持ち帰り日本の国会議員に見せる。あなたのメッセージは直接伝える。ほかに、このカメラに向かってメッセージを届けてほしい人は？」

ハルクが一歩前に出た。僕は、カメラを引き寄せ、彼のＵＰに画角を合わせた。

「どうぞ」

ハルクは熱く話し始めた。

「国連の人に僕らの声を届けてほしい。ミャンマー国軍は自国民を虐殺している。ミャンマーの民主的な選挙結果もなかったことにされ、国軍幹部の権益を守るためだけに無抵抗の国民が殺されている。国軍政府の暴挙を止めてほしい。僕たちはＣＤＭをしてきた。仲間が殺されても耐えてきた。それなのに国軍は僕らを虫けらのように踏み潰した。僕らだけなら我慢したかもしれない。でも僕らの父や母が眼の前で殺された。今、僕らの子どもたちを殺させるわけにはいかない。ＰＤＦは、最後の一人になっても続ける。でも、僕たちは、武器を持ちたいわけではなかった。仕方なかった。どうか、僕らを助けてほしい」

ハルクはカメラのレンズの一点を見据えて切実に訴えた。僕は小さなモニターで彼の瞳の奥に炎のような光を見ながら彼の言葉を一言も撮りこぼすことのないようにと、モニターの音量レベルが動くのを見ていた。その、ハルクの手には、彼の五歳になる息子の小さな手が握られていた。

インタビューを終えた僕は若者たちに御礼を言い、そして心のなかで彼らが生き残り、未来に幸せを掴むことを祈った。そして僕は重い責任の詰まった小さなＳＤカードを大切に仕舞った。買い物から帰ってきた伊賀上とプーが若者たちに飲み物とお弁当を配っていた。彼らはそれをすぐに食べず、ある者は今夜の夕飯に、ある者は明日の朝食にとっておくと言って持ち帰った。

僕たちが難民テラスを去るとき、終始何も話さなかった華奢な青年が僕らを見つめていた。大きな眼鏡がアニメのキャラクターに似ていて、僕は彼のことを心の中でそのキャラクター名で呼んだ。彼はあきらかに話し足りないという視線を向けて僕らを見送っていた。


その夜僕たちはよく食べ、よく呑んだ。みんな緊張していたのがやっと解けた。アンジーには二年ぶりの楽しい食事だった。

僕はといえば、個人の力ではどうしようもない問題の深さを思い知らされていた。ヤンゴンの思い出話が一通り終わると、突然豪雨が降り出した。オープンカフェの外側のテーブルはびしょ濡れになり、客が内側に避難してきた。雨音で、周囲に声が聞こえないことを確認したアンジーが大事な情報を話し出した。

「実は最近、友好橋で爆破事件があってから橋は閉鎖されています。間もなく橋が復旧するとは聞きましたが、どうなるかわかりません」

「橋で爆破事件があったのは出国前に聞いていたが、日本では全然情報がなくて状況が掴めなかった。橋そのものが壊れるような爆発ではなかったという話もあれば、正規軍の使う強力な破壊力のある爆弾だったという話もあった。国軍による自作自演だという噂も聞いたよ」

「これは現場を見に行くしかないわな」

「橋が通れない場合は、今回のミャンマー行きは無理するのはよそう。橋が通れるとわかったら、そのときにどうするかを考えよう。今は、国境の街だからこそ会える人に話を聞きながらこれからどうするか決めよう」

僕らはアンジーを部屋に送り、ホテルに帰った。豪雨は止んでいたが、心は晴れなかった。

ボーダーライン

その十日前、友好橋のミャンマー側で車両の爆発があり、その直後から検問所前で銃撃戦となり十五分間の戦闘の後、橋近くの四階建ての建物を全焼させ、反国軍組織とみられる武装集団がミャンマー側に引き上げていった。この事件から橋のミャンマー側には国軍兵士が常駐し、タイ側では、タイ王室直属の準軍事組織タイ王国国境警備警察の精鋭部隊が配備され、すでに国境を越えようとしたミャンマー人五十名が拿捕されていた。

このことがわかると、僕たちは橋を渡ってミャンマー側へルインの遺骨引取りに向かうなどは一縷の望みも無いことを理解したのである。


友好橋を諦めた僕たちは、難民テラスの取材の御礼をしたいと思い、ケリーとあのときに話せなかった眼鏡の青年を食事に誘った。

「昭祐さん。私は、軍事訓練を受けただけで実際に人を撃ったことはありません。でも、それはチャンスがなかっただけです。もし今、私の眼の前に敵が現れたら、私は躊躇なく撃ちます」

そう語ったケリーの顔は可愛らしい音大生のままだ。

「アンジー。あのころのアンジーは毎週シュエダゴン・パヤーに泊まり込んでボランティアをしていた。尼僧に出家したこともあったよね。仏教を学び、戒律も知っている。軍人を殺すことはアンジーの知る仏教なのか？」

「戒律で人の命を奪ってはいけないとあるのに、たくさんの人の命を奪う国軍を止めることが悪いことのはずはありません」

ケリーとアンジーの言葉を聞いて「活人剣」と「殺人刀」を思い出した。柳生流に「一殺多生の剣」というのがある。一人の悪を断ち一人を殺しても、多くの衆生を生かすのが活人剣。いわれなき殺生をするのが殺人刀。人を生かすも殺すも心の持ちよう、ということだ。

僕には、この聡明な女の子たちと議論するつもりはなかった。しかし、彼女たちの思考には何かが足りない気がしてならない。それをきちんと説明できない自分が残念で辛かった。

眼鏡の青年にも聞いてみた。

「先日、僕よりずっとミャンマーを理解する日本人の先輩から、ミャンマー問題の解決には、ミン・アウン・フライン司令官を暗殺するしかない。と言われた。君はどう思う?」

「ミャンマーの歴史では、たとえ一人のリーダーを暗殺しても、次の誰かが立ち、その誰かを暗殺しても、また新たな誰かが立つ。暗殺では問題は解決しないのです」

彼とそんな話をしたその夏、日本の元首相が暗殺されるなど僕たちは想像していなかった。その後、彼は、メーソートにいてもこの先に期待できることがないと言い、内戦中のミャンマーに戻ると言い出した。

「どこに行くつもりなの?」

「シャン州です」

ミャンマー東部に位置するシャン州は、ミャンマー十四州で最大の面積を持つ。西はミャンマーの五州と隣り合わせ、東は北から中国雲南省、ラオス、南にタイと国境を接する。管区内には、多くの自治区と独立紛争を抱える地区を擁していた。そして、シャン州復興評議会の武装部門であるSSA(シャン州軍)はミャンマー最大の現政府への反乱グループとして知られていた。さらにクーデター後には、南北で国軍側と反国軍側に分かれた対立もあった。

そしてシャン州には、自治管区として、ミャンマー国内最強の軍事組織ＵＷＳＡ（ワ州連合軍）の指揮下ミャンマー中央政府国軍の実効支配が全く及ばないワ州がある。いわゆる「黄金の三角地帯」の中核をなし、アヘン製造を主要産業として世界中にその名を轟かせた地域である。眼鏡の青年は、ミャンマー国内に数多くある反国軍組織のなかでもその頂点を極めるＵＷＳＡの秘密基地を目指して旅立っていった。

アンジーはもう一人、どうしても会ってほしい若者がいるという。そう言って彼女は一枚の写真を見せてくれた。そこに写っていたのは、アウンサンスー・チー国家最高顧問と並んでいる若者だった。彼は、ミャンマー中のすべてのＰＤＦ活動の学生を取りまとめている最上級ユニオンの役員だった。要は全学連の最高幹部ということだ。僕は彼と昼食をする場所に向かった。

彼は待ち合わせた時間通りに現れた。

「こんにちは。ニコルです。よろしくお願いします」

礼儀正しく、一目で聡明とわかる若者だった。瞳の奥には温かさも漂っている。彼は格調高い流暢な英語を話した。

「メーソートではどんな生活なのかな？」

「実は、朝から晩までずっとウェブ会議があります。早朝はミャンマー各地の大学のリーダーたちとの会議。その後は午前中に各地の僧侶や全国の寺院の支援者と会合。午後には各地域別や宗教別の会議があって、夜になると少数民族軍幹部と戦況の確認も行っています」

「それなら国外の拠点から連絡していたほうが安全なんだろうね。ニコル君の立場になるには、選挙みたいなものがあったの？」

「僕も最初は、大学のPDFのリーダーでした。その後、段階別に試験があって、地域のリーダーから選ばれてユニオンのリーダーになりました」

オープンカフェで、当初僕たちは声を潜めて話していた。ニコルは国軍やミャンマーの未来について話が及ぶとだんだん声が大きくなりついつい熱くなってしまう。ニコルが相当重要な立場の人間であることはわかっていたので、僕は話の内容が周りに漏れ聞こえることが心配でそわそわしてしまった。

「ミャンマー問題は国内問題だと言われますが、国軍の武器はロシア製と中国製。メディア統制も国民への情報統制にもロシア軍やイスラエル軍のインストラクターが付いています。国軍の資金源の一部は、日本の政府や企業からいろいろな名目を経由してもたらされていることがわかっています。対抗する少数民族軍の武器は、資金力のある部族の軍は米国製や欧州製ですが、小さな部族はロシア製の古い銃や中国製のコピーです。これのどこが国内問題でしょうか？」

「米国や欧州の経済制裁は効いてるよね？」

「経済制裁は穴がなければ効果があります。新型の武器が購入できない国軍の部隊では、今でも旧日本軍が遺した三八式歩兵銃を使う部隊もあります。それは制裁の効果かもしれません。しかし、残念ながら日本政府はミャンマー国軍の経済制裁包囲網の大きな穴です」

「国軍そのものの誕生に旧日本軍は深く関わっているのだから、日本は世界で一番ミャンマーに責任を考えるべき国だとは思う」

「日本の防衛大学がミャンマー空軍士官の研修を受け入れていることを一部の日本の国会議員は抗議していますが現時点では無視されていますね」

「ＯＤＡも水面下で再開されるらしい。外部からの協力はどんな名目であろうが、クーデター以降は、すべての利益は、国軍政府を通過するわけだものね」

「私たちは、ミャンマー国内のＰＤＦ組織だけでなく、国外の支援者とも連携しています。活動は、日本政府に公式な抗議文を発信するだけでなく、日本全国の在日ミャンマー人留学生に呼び掛けて日本の主要各都市で同時にデモ行進を呼び掛けたりもします」

「かつて米国の人種差別問題に対して、キング牧師は〝Ｉ　ＨＡＶＥ　Ａ　ＤＲＥＡＭ〟と言ったことにかけて、オバマ大統領は〝Ｉ　ＨＡＶＥ　ＰＬＡＮ〟と演説したね。ニコル君たちに計画はある？」

「僕たちには、計画があります」

いろんな世代に聞いてきた質問だったが、計画があると答えてくれたのは、ニコル君だけだった。彼は将来、新生ミャンマーの首相や大統領になる人材だと思った。まさにミャンマーは今、維新だった。かつてミャンマーには独立を導いた三十人の志士という歴史がある。ニコル君たちZ世代は打倒軍政権を目指していた。それも彼の命があればこそ。これ以上、才能のある若者の夢と計画、そして命が奪われませんように。そう願いながら僕たちはカフェを出て、「国境の志士」と別れた。

ボーダーラインの子どもたち

メーソートに来て、密度の濃い二週間が過ぎようとしていた。僕はここで、伊賀上とプーを帰すことにした。僕たちが対峙している問題は大きすぎて、僕たちごときが滞在を一ヵ月や一年延ばしても解決できるものではない。

二人が国境を離れることになった前の日、僕は伊賀上とプーを送る食事会に、「ヤモリの学校」の子どもたちを招待した。彼らにとってはレストランでご飯を食べるのは生まれて初めての子もいる。そこで、自分でメニューから料理を選んで注文する練習をする、「ヤモリの学校」の校外学習を行うことにした。伊賀上もプーも子どもたちへお別れのプレゼントに、お菓子や飲み物のほかに鉛筆やノートなどを大量に買い込んでいた。

そして最後の食事会が始まった。目の前で楽しそうにご飯を食べている子どもたちは、不法入国だけでなく、両親が麻薬中毒で育児放棄された子、収監されている父親の顔が思い出せない子もいた。一人の女の子は、中学二年生だが一度も就学したことがなく、「ヤモリの学校」では小学一年生レベルのビルマ語から勉強していた。彼女はケリーのお母さんがシャン州を逃亡中に身寄りのない彼女を見かねて引き取ってきたワ族の子だった。

即席の校外学習が終わると、僕たちは子どもたちの手を引いて集落に送った。そのなかの最年長で中学三年生のノラは、「いつか日本語を勉強して昭祐に会いに行く。それが夢」と言った。僕は、「おう、待ってるぞ」と答えた。本当にそうなったらどんなにいいか。

子どもたちには、親の顔も知らず、夢さえ持ったことのない子がいる。この子たちの親になるのは簡単ではないが、一緒に小さな夢を持つことならできるかもしれない。

翌日、伊賀上とプーは長距離バスに乗って帰ることになった。

クーデター以降、身内も友人も多くの仲間が僕がミャンマーに関わることを止めるなかで、現場に行くべきだと強く言ってくれたのは伊賀上だった。僕は、長距離バスに乗った二人を合掌して見送った。

その後、プーはタイの友人たちに声を掛け、「ヤモリの学校」の子どもたちに支援金を送る個人的な活動をはじめた。

居残った僕は、国境の難民たちだけでなく、その難民を助けている人々にも少なからず会い、話を聞くことができた。しかし、その多くの場合ではカメラは回すことができなかった。

あるときは、難民を受け入れる寺院で、国軍によって投獄され拷問を受けた経験のある有名な老僧に会って話を聞いた。あるときは、難民を無償で診る病院に、ＨＩＶに感染しながら出産を控えていた妊婦を連れて行って助けてもらったこともあった。

そうした施設の多くは、心ある人々からの寄付で賄われていることがほとんどだったが、国軍から攻撃目標とされることを恐れて、寄付を募る広報も簡単には行えなかったのである。

このように幾重にも厳しい現実のなかで難民が難民の子どもたちに手弁当で私塾を開いている状態のままでは、ミャンマーの未来はあるだろうか。そう思っていたときに、闘う神のような人たちに出会えた。

メーソートの市内に在る「ネクスト・ブラッド・スクール」では、カレン族の学長の下に、ミャンマーの内戦から逃げのびて来た幼稚園児から高校生くらいまで、さまざまな民族、宗教の子どもたち数百人が受け入れられて勉強をしていた。

増え続ける難民の子どもたちに宿舎や校舎はいくつあっても足りない。それらはなんと教師たちが手作りで建設していた。ここでは食事も何もかもが教員と生徒が協力して行われていた。

ここを紹介されてから、敷地内の清廉な空気感が心地よくて、僕まで救われた気持ちになり、毎日のように通うようになっていた。

ある日、小さな女の子が校舎の陰から走り出て来た。聞けばその女の子は生まれたときはトイレに捨てられていたという。前述の難民を受け入れている病院からこの学校に送られてきて、今ではこんなに元気になった。そう説明してくれたのは英語の上手な高校生のケイティだった。ケイティもクーデターで家を焼かれ、故郷を捨てて逃げなければならなかったが母親は末期がんで動かすことができなかった。結局、母親を見送った後、この学校を頼って父親とともに国境を越えて来たのだ。

ケイティは、同じ時期に親と夢を同時に失った。彼女ははっきり言った。「親は帰って来ないけど、夢は自分で掴めると信じています」ケイティに夢は何かと聞くと、医者になることだと答えた。彼女は必ず医者になるだろう。そしてきっと誰かの命を繋げていくに違いない。

ネクスト・ブラッド・スクールが単なる学校ではないこともわかった。校庭のような中庭へ向かっていつもドアの開け放された事務所兼職員室には、いろいろな人が訪ねてきていた。ある日、ロバート・デ・ニーロに似た男性がいて、そのうち僕も挨拶を交わすようになり、聞いてみれば、ＮＬＤ党の創設メンバーで、アウンサンスー・チー国家最高顧問の片腕だった国会議員だった。

「あなたも議員だったと伺いました」

「ええ。私は八八年時代から国軍に捕まっているので議員じゃないときは刑務所におりました。さて、議員と政治犯と、どっちが長かったかな？」

デ・ニーロさんは過去に五年間政治犯として収監され、国軍の拷問も体験していた。

「あのころは、拷問は二種類でね。水に漬けるか、水を飲まさないか。私には、水を飲まさない拷問だった。とにかく何度も同じことを聞かれる。身に覚えのないことばかり。知らないから黙っているといつまでも水をもらえなかった。少しでもいい加減な返事をしたときだけ唇に湿らす程度の水が貰えた。それが毎日、ずっと続いた」

後日、僕はビデオカメラを持ち込んで彼の話を長い時間をかけて収録した。彼はカメラを向けると表情は一変し、ミャンマー国軍がいかに私欲と権力の維持のためだけに存在しているかを訴えた。デ・ニーロさんの話し方は静かだったが生死の境を渡ってきた凄みがあった。


僕がいつものように職員室で話し込んでいたある日、中庭にブルーシートが敷かれ、みるみるうちに大量の食糧が運び込まれてきた。この学校で養う子どもたちの数を考えれば相当な量の食材が必要なのだろうと思って見ていると、やがて、ピックアップトラックが横付けになり、大量の野菜は荷台に積み込まれ始めた。

傍にいた学長が解説してくれた。

「これはミャンマー側の難民キャンプに運び込む支援物資だよ」

「ミャンマー側へですか？　先生、僕にもお手伝いさせていただけないでしょうか？」

そもそも、無償でミャンマー難民の子どもたちを受け入れ続けているだけでも普通の学校ではないが、この学校では寄付で集まってくる食材のなかから、内戦中で空爆下でもあるミャンマー国内の難民キャンプに食料支援物資を運搬する拠点でもあった。

僕は、次回の便の同行を許された。ただし学校側からの条件は、二つ。

一つは、政治犯として逃亡中のアンジーは連れて行かないこと。現場はミャンマー国内の国軍勢力圏内側なので、万が一ミャンマー国軍にアンジーが拘束された場合には手の打ちようがないためだった。

もう一つは、

「途中、軍のチェックポイントがある。誰がどこで聞いているかわからないので、一言も口を利かないこと。黙っていれば、君のような肌の白い中国系のカレン人もいるから大丈夫。それとな、あんたその恰好じゃだめだ。まず、カレン族の民族衣装を着ること」

「わかりました。あと、国境越えならばパスポートはどうしますか？」

「一応、隠して持ってきて。捕まっていよいよ、というときには必要になる。最後に、問題はその靴だ」

「はい？」

「その靴じゃすぐバレる。明日までにゴム草履買って。しかも八十バーツ以下の安物。いいか、間違っても高価なのはダメだぞ」

「わかりました」

すでに仲良しになっていた歴戦の勇士たちとの打ち合わせは終始明るかった。最後に、僕は、学長に一つだけ相談をした。

「実は、アンジーの従弟がカレン族の基地で爆死しました。基地には遺骨があります。これを回収したいのです。なんとかご協力願えないでしょうか？」

その瞬間、その場にいた、学長と議員の顔から笑いが消えた。アンジーは泣きそうになっている。

「わかった。なんとかしよう。その場所は？」

それから、アンジーと学長たちは、ビルマ語で慌ただしく相談していた。現地にも連絡を取り、その後、事務室兼職員室は戦時の作戦会議室の様相となった。

一時間後、事務所のドアが開いて、学長が僕を呼びに来た。

「昭祐。明日朝七時までに学校に来れるか？」

「大丈夫です。伺います」

「では明朝。解散！」


学校からの帰り道はもう夜だった。僕は一人歩きながらその後についても考えていた。

アンジーの政治亡命にはいくつもの高いハードルがある。今回は、現地で本人と対面して話すことで安心させることが第一義だった。そして、現場の状況、国境で彼女を支えてくれる存在を確認することができた。今後は資金繰りも含めて一旦帰国して準備をし直す必要がある。ただその前に、この作業だけはやってから帰りたかった。それが、アンジーの従弟の遺骨の回収だった。

国境越え再び

僕は国境というものを越えるとき、おかしな感覚になることがある。日本から第三国を経由してミャンマーに行き来していたとき、僕には平和な日本に家庭があって、子どもたちがいる日常があった。しかし一旦ミャンマーに入れば、内戦や麻薬で両親を失った遺児の笑顔に囲まれる。どちらも僕にとって現実なのだが、どっちが現実なのか夢なのか、ときどきわからなくなることがあった。今は、内戦で空爆下のミャンマーに違法越境することが眼の前の現実だった。

翌朝七時。すでに学校にトラックが一台待機していた。運転は学長自らがハンドルを握った。助手席には行先の難民キャンプの村長だという人物が座っていた。荷台には山積みに野菜が積まれている。キャベツ、冬瓜、春菊、玉ねぎ、麦、米、そして果物。その同じ荷台に、英語の上手いジョニーという若い先生と、僕も積み込まれていた。二人とも厚手の生地で袖のないカレン族の伝統服を着ている。

揺れる荷台の野菜に埋もれながら、ジョニーと僕はいろんな話をした。

ベテラン軍曹のように落ち着いた雰囲気のジョニーは、歳は二十三歳だと聞いて驚かされた。彼の服は鮮やかな黄色と白のストライプ、僕は薄汚れたエンジ色だった。服はわざと汚してこいという指示があったからだ。

移動中の景色のなかで、道路の脇に民家が見えることがあった。産業があるようには見えなかったが、ここにも人々の暮らしがあるのだ。河の向こうの山々には空爆による黒い煙が見えていた。

「ジョニーはいつからあの学校にいるの？」

「僕は、大学に行ってたけど、内戦でもう無理。こっちに来てからはずっとあの学校を手伝っている。いつかは大学に戻りたいけど」

「家族は？」

「弟二人は、ＫＮＬＡ（カレン民族解放軍）にいる。両親はもういない」

反乱軍の最前線で闘っているジョニーの弟たちはアンジーの従弟のように、いつ粉々になるかもわからない日々を送っているということを意味していた。

「そうか……。それにしてもジョニーは優しい眼をしてる。どうしてかな？」

「さあ……僕は、幸せだよ」

大きな道路では、たまにトラックと行き違った。東へ向かうトラックも見かけた。そこから東の方向には、カムペーン・ペッというスコタイからアユタヤ朝時代の古都がある。かつてビルマが大国だったころ、ビルマ側からの侵略に対抗するための要塞都市だった場所だ。そんな時代の名残なのか、この辺りは国境線が入り組んでいる。

やがてトラックは山深い九十九折の坂道を登り、古い僧院の前で停まった。

停車するなり、ジョニーは飛び降りて荷台の野菜を降ろし始めた。僕も手伝うために荷台から降りた。野菜の半分はその古い僧院に置き、その後現れた四輪駆動のピックアップトラックに、残りの半分の野菜を積み直していった。

「昭祐、ここからはこれに乗り換える。この先は、あの車では通れない」

その先の道は、とんでもない悪路だった。タイヤの半分が埋まりそうな沼のような道もあり、大揺れに揺れながらも車は構わず爆走した。こんな悪路では、軍用車でも来たくないだろう。実のところは、軍のチェックポイントを避けて密林の獣道を選択していたのだ。やがて、小さな池のような川のなかに車は垂直に突っ込み、車の半分は水に潜ってしまった。点火プラグに水位が届きそうで心配になったが、勢いよく対岸に乗り上げると、それが越境だった。ミャンマーに入ったのである。

そこは、少し開けた場所になっていた。目の前にいくつもの小屋が見えた。ここがカレン族の国内避難民の暮らす難民キャンプだった。

僕とジョニーで荷台の野菜をすべて降ろすと、ジョニーは果物だけを取り上げて歩き出した。

彼は大きめの小屋に上がると、果物を配り始めた。その小屋の窓から五十名ほどの子どもたちが顔を出した。このキャンプの学校だった。小屋の周りを見渡すと、手掘りの井戸がある。裸足の子どもが滑車で水をくみ上げていた。

「このキャンプにいるのは二百名くらいかな。週に二回の食料を運んでる。つまり今日運んだ野菜は三日間で食べ尽くされるんだ」

ここは軍事基地ではない。見渡す限り、キャンプに暮らす人々は、女性と子ども、そして老人だけだった。兵士はおろか、成人男性がほとんどいない。

「ここの人たちは、君たちが食料を運ぶ以外に収入や食べ物を得る術はあるの？」僕は小声で聞いた。

「まったくない。僕らが来なければ、餓死する」

振り向くと、車の荷物はすべて降ろされていた。気が付くと、僧侶が一人こちらに歩いて来た。手には赤い壺が見える。後ろから少年僧が布に包んだ何かを持って付いて来ていた。その僧侶はジョニーに声を掛け、二人は二言三言話してから、ジョニーが振り向いて言った。

「昭祐。これが、君とアンジーが探している若者の遺骨と遺品だと言っている」

僕は、スマートフォンのなかの写真データと見比べた。赤い壺は、アンジーから送られた写真のものに間違いなかった。

「ジョニー。今、僕は話してもいいのか？」とそっと聞いてみた。

「もちろん話していいよ。この僧侶は僕らの仲間だから」

「良かった。ん？　これは！」

「どうした？」

少年僧が持っていた布に包んだ荷物の中身は、焼けた軍服と日本の短刀だった。しかも見覚えがある。だが、まさかそんなことがあり得るだろうか。

「確かにこれはアンジーの従弟ルインの遺品に間違いない」

そのとき、僧侶が僕に向かって語り始めた。横でジョニーが英語に通訳してくれた。

「亡くなった若者は、レーケーコーの戦いの英雄だった。私たちは、彼への敬意を忘れることはない。あなたが彼の友人ならば、彼の遺族にそれを伝えてほしい」

「ジョニー。僧侶に、必ず遺族に伝えると言ってくれ。そして、ご遺骨と遺品を確かに預かり、責任を持って遺族に届けると。最後に、心から感謝していると」

ジョニーは一つ頷いて、手短に通訳して僧侶に話した。僧侶は合掌するとゆっくりと振り返り、少年僧を伴って去っていった。

「よし、昭祐、帰るぞ」

「ＯＫ」

メーソートに戻る四駆の車は、再び激しく揺れながら密林を駆け抜けた。行くときは、車の屋根に頭をぶつけるたびに大騒ぎしたが、揺れに慣れた帰りの車では、僕の周りすべての音が遠くで聞こえていた。僕は、預かった壺を落とさないようにしっかり抱えながら、ルインのこと、そしてあの短刀のことを考え続けていた。

ルインが亡くなったレーケーコーは、ミャンマー東部のミャワディ郡に在り、国軍とＫＮＬＡ（カレン民族解放軍）との間で激戦が繰り広げられ、通称ブラックエリアと呼ばれる最も危険な地域として知られていた。二〇一五年の停戦協定後には日本の大和財団が草原に新築の一戸建て住宅百戸を難民施設として建設したが、悲劇はその難民を支援するはずの施設で起きていた。国軍は、施設の空き部屋に潜伏するＰＤＦメンバーを恐怖であぶり出す目的で、施設に住む妊婦を生きたまま焼き殺すという残虐な行為に出たのである。ルインは、報復が報復を呼ぶ戦闘に阿修羅の如く参加し、爆死していた。ルインの首と右腕、右脚は胴体から吹き飛ばされたが、残った左手に日本の短刀を握りしめて絶命していた。

この短刀が謎すぎた。母の十七回忌の法要でトキさんに見せてもらった家宝の短刀に似すぎていたのだ。短刀の写真はスマートフォンで接写してあったので、僕は揺れる車のなかで何度も見直した。これはメーソートに帰ってからしっかり確かめよう。僕は壺と短刀をもう一度強く握りしめた。

四輪駆動車が再びメーソートに着いたのはもう深夜に近かった。僕は一旦学校へ戻り、学長や皆さんに深く御礼をしてジョニーと別れた。そして、タクシーでアンジーの待つ部屋に向かった。

「お帰りなさい！　本当に、本当に、ありがとうございました！」

「僕は何もしていない。学長やジョニーのおかげだ」

部屋に入ると、まず遺骨を鎌倉の大仏のレプリカの前に安置し、遺品の軍服と短刀も供えた。

「アンジー。夜遅い時間で申し訳ないが、ここで、お経をあげさせてもらっていいかな？」

「どうぞ、ぜひ、お経をお願いします」

「それじゃ、今からルインのお通夜をさせてもらおうか」

僕は、肌身離さず持ち歩いている小さな法華経の経巻を取り出し、ルインの遺骨と遺品に向かって三十分ほどの間一心にご供養をした。こうしてアンジーの部屋で二人だけの遅すぎたお通夜が行われた。

遺骨と遺品に向けたご供養が終わると、僕の心もやっと落ち着いた。

「アンジー。この短刀、見覚えあるか？」

「わかります。これは、父が家の法座に隠していたものです」

「それをルインが持っていたのはどうしてかも、知ってる？」

「はい。彼がＫＮＬＡに入隊したいと言ったとき、母は猛反対したそうです。それでも彼がどうしても行くと言ってきかないので、母は諦めてこの日本の刀を取り出しました。これには、仏様が仏教徒を守る見えない法力がある。尊い刀だと父が言っていたと話してました。母は、これがお守りになるはずだと言ってルインに持たせました。母はその後、ずっと泣いていたといいました」

「わかった。ちょっとこれ、見せてもらっていいかな？」

「どうぞ」

　僕は丸テーブルの上にタオルを敷いて短刀を置いた。鞘も柄もホウの木で光沢の漆が塗ってある。金色の目貫は、気品のある花と枝の形。拵えはそう古いものではないようだ。短刀を鞘から抜いてみた。刃は古刀に違いない。短刀としては大振りだ。刃紋は大きく緩やかな乱れ。豪壮な焼き刃。一言も声を出さない僕に、アンジーも黙って短刀を凝視していた。僕はドライバーで短刀の目釘を外した。柄を左手で持ち、その左の手首を右の拳で強くトントンと叩くと、短刀の切羽が外れて茎が露わになった。

　茎の差表側には「来國光」の銘が切ってあった。

「やはり、これは来國光。しかも、信仰銘か」

「どういう意味ですか？」

「ここを見て。この刀を作った人の名前だよ。〝来國光〟と銘が切ってある。昔の京都の有名な人の名前。そしてここ。〝妙法蓮華経〟とある。この短刀は、お父さんの言った通り、仏教の宝刀だったんだ」

「どうしてお父さんが日本の刀なんかを持っていたのかしら」

「僕もそこを聞きたかったけど、知らない？」

「ごめんなさい。わからないです」

「そうか……。今夜はもう遅いから明朝一番に、ルインの遺骨を回収したことをお母さんに報告して。そしてこの刀のことも聞いてみて。この刀のおかげでルインの遺骨だとわかったわけだし。あと、なんか油ある？」

僕は、短刀をアンジーが持ってきた食用油を付けたティッシュで拭いてから、元通りにした短刀を遺骨の傍に戻した。そして、もう一度合掌してからアンジーの部屋を後にした。

あの短刀がトキさんの言っていた短刀なら。今、こうしてアンジーを僕が支援しているのは、八十年前から決まっていたということなのだろうか。

宿に向かうタクシーの窓から見上げると、夜空に曽祖母の顔が浮かんで消えたような気がした。

「昭祐。満州まで行ったって、因縁からは逃げられるもんじゃないんだよ」

確かに、ビルマは大東亜共栄圏の西の際だったなどと考えながら、僕は宿に着くなりベッドに倒れ込み、ほぼ一秒で眠りに落ちた。

翌朝、アンジーは母親に電話を入れた。

「お母さん。ルインの骨を國分さんが持ち帰ってくれました。遺骨はメーソートにあります」

「日本人がそこまでするのか。あの人は本当のお坊さんだったんだね」

「それと、日本の刀も一緒に届きました」

「あの刀がルインをアンジーに導いてくれたんだね」

「あの刀はどういうものだったの？」

「それは、結婚する前の話でね」

アンジーの母親の語るところでは、アンジーの父親が少年僧になりたてのころは、ビルマでは英国やインドと日本との間で戦争が始まる直前だった。そんなときに、父の入門した僧院に一人の日本人が逃げて来たのを助けたことがあったという。その日本人が御礼に僧院に置いていったのがあの刀だった。父の修行した僧院は、ミャワディの南側だったという。やがてアンジーの父は還俗し、年の若いアンジーの母親と結婚した。当時の僧院の和尚が、本来、日本の刀などはビルマの僧院にあるべきものではないということで、還俗した父に持たせたのだ。

以来、父はその刀を家のお守りとして大切にしてきた。そして母は、今こそ、あの刀を子どもたちに手渡すべきときだと考えた。

その話を聞いた僕は確信した。その日本人は、國分昭佐。僕の祖父に違いない。

「アンジーはお父さんが長い間僧侶をした後に産まれた。お父さんが少年僧だったとき、僕の祖父は、まだ若くてタイとビルマの国境にいたんだ。この写真がそれだ。二人の後ろの標識にＭＹＡＷＡＤＩという小さな字が見える」

「じゃあ、お父さんが子どものころに会った日本人というのは、昭祐さんのお爺さんですか？」

「おそらく。アンジーと僕がこうして出会ったのは、やはり、運命だったということだね」

その日、アンジーと僕は、メーソートの白亜のパゴダの前に座り、祈り、そして長い時間話し合った。まずは今後のこと。僕たちはもう一度、日本へ行くために何をすべきかも段階別に確認した。

その道のりは長い。しかし、諦めないこと。けして他人と比べて羨んだりしないこと。そして、どんなに時間が掛かっても我慢すること。涅槃像の前で、僕たちだけの戒律を誓ったのだった。

最後に、僕はアンジーが日本に来られたら、どこに行きたいか聞いてみた。

「奈良の四天王像に会いたいです。イケメンですし」

東大寺戒壇院の四天王像は皆、甲冑を着て悪魔と闘う戦士だが、一人だけ武器を持たない神がいる。サンスクリット語で「ヴァルーパークシャ」と呼ばれる、広目天だ。

広目天は、ほかの三人と違って筆と巻物だけを持っている。千里の先を見通す神通力のある目を持っていて、仏教の教えを守らない者や敵を捕らえ、正しい教えへと導いてくれる神様だ。メディアの仕事というものも、本来はそういうものなのだと思う。広目天はミャンマー国民にとって、一番必要な神様なのかもしれない。

僕はミャンマーに広目天が降臨するように一心に念願する。もし、広目天がミャンマーに現れなかったら、そのときは、僕自身が広目天を目指して修行をする。それが僕の決定（けつじょう）（決意）だった。

それぞれの夢

翌日、僕は日本に帰国した。

アンジーは「ヤモリの学校」の授業を再開した。これまでは子どもたちにビルマ語と算数を教えていたが、僕が帰国した日からアンジーは日本語の授業も始めた。

いつか子どもたちは、彼ら自身が日本語で自分の国について語る日が来るかもしれない。

その声は小さい声だとしても、きっと日本に届く日が来ると信じている。たとえヤモリの鳴き声のように小さな声だとしても。ミャンマーのヤモリは、日本のヤモリと違って、声を出すのだから。

同じころ、ヤンゴンの仲間たちもそれぞれ活動していた。

アシン・ユーアの毎日は何も変わらなかった。彼がかつて語ったことは今も同じだった。
「私の生活様式は二千六百年以上前から変わっていない。ただ、唯一日本語の勉強だけは贅沢な時間。仏様の教えは、何百年もかけて東方の国々に伝えられていったのだから、私のように東方の国の言葉を学んだ僧は、何百年前にもきっといたはず。そのころの僧も私と同じように、窓の外に夢を見ていたかもしれない」

ホテルマンのタカは、ホテルのルーフトップバーからシュエダゴン・パヤーを眺めながら考えていた。

コロナ前は大勢のスタッフがいたが、今は社長夫妻も日本へ帰り、彼だけがこのホテルの留守役に残った。しかし、ラカインは酷い状況のまま。ＡＡ（アラカン軍）と国軍は今も死闘を続けている。故郷に毎月お金を送っているけど、もし必要なときが来たら、彼は自身の命を差し出す覚悟ができている。

彼はそのときが来る前に、社長や奥様や先生に恩返しをしておきたい。そう考えていた。

ラルフは子育てに忙しい。それでも日本語の勉強だけはかかさなかった。

「窓を開ければ、ヤンゴンも今は毎日どこかで爆弾の音が聞こえる。それでも希望はある。もうすぐパパはN5に合格できそうだ。もしパパがN3になったら、この子たちに日本語を教える。そうすれば、いつかこの子たちは、幸せを自分の手で掴めるようになる」

彼は、そう言って毎日子どもたちの幸せだけを祈った。


ニンは、ヤンゴンで夢を諦めない若者たちに日本語を教えていた。

「私にできることはこれだけ。私自身も日本語を学び続ける。私自身が夢を諦めないために」


帰国した僕は、国境地帯で撮りためた映像やインタビュー素材を、一般向けとメディア向けに分けて発表した。

報告会の題名は「国境現場報告~難民にもなれない子どもたち」だった。

場所は、衆議院第一議員会館。講演の前半は、一般向けに静止画写真を中心に国境地帯に暮らす人々の生活を紹介した。結果、講演を聴講した一般企業で東京の芝にある特殊エレベーター会社がミャンマーの若者を受け入れてくれることになった。

後半は、ミャンマー問題を専門的に追いかけて来られた記者や専門家の方々を対象に、動画素材の一部を紹介しながらクローズドで本音の記者懇談会を行った。人数は少なかったが、なかには外国人記者クラブの記者も足を運んでくれていた。その結果は、すぐに報道されることはなかったが、明神新聞の論説委員の耳に入り、早速タイ支社の記者による現地取材が行われた。現地の通訳とコーディネートはアンジーだった。

さらに、夏の参議院選挙終了後、僕の現地での活動内容を逐一報告してきた現職の参議院議員が単身国境に向かい、タイ在住の井戸先輩とも連絡を取り合いながら現地に潜伏するＮＬＤ党国会議員やＫＮＵの閣僚との極秘面談が実現した。この秘密会談の通訳もアンジーが務めた。最近、アンジーは、政治学の勉強を始めたという。

ミャンマー問題への抵抗運動は、今でも「颪に舞う塵」だ。それでも僕たちは、自分たちの戒律を守り、自分にしかできないことを探して粛々と取り組んでいる。

僕自身は、ミャンマー問題を報道だけに頼らず、絵本にして伝えていこうと考え始めた。絵本のタイトルは、『ヤモリのソロキャンプ』が第一候補である。

◇昭佐編——護(まも)り刀

國分昭佐の母、森雪乃(もりゆきの)は、國分家との縁談が決まった日、父、森金之助(もりきんのすけ)から森家に伝わる護り刀を譲り受けた。雪乃はそこで山城の名刀工「来國光(らいくにみつ)」の謂れを知る。森家は、会津の支藩、棚倉藩(たなくらはん)の家老職だった。戊辰戦争の白河口の戦いで森伊織(もりいおり)は家臣団を率いて最後まで闘い、壮絶な最期を遂げた。伊織の切腹に使われた短刀「来國光」はわずかに生き残った子孫に責任の取り方を伝える一振として森金之助に引き取られ、一族と共に再起を誓って相州を目指したのである。

完

国連UNHCRの発表に寄ると二〇二十三年五月一日時点での、ミャンマー国内避難民(internally displaced persons : IDPs)は推定人数百八十二万七千人。

二〇二十一年二月一日以降、ミャンマーから隣国へ逃れた難民の推定人数は八万八千三百人。

二〇二十二年十二月三十一日時点での、ミャンマーから隣国へ逃れている難民・庇護希望者の人数は百十一万八千人と言われています。

(国連UNHCR発表)

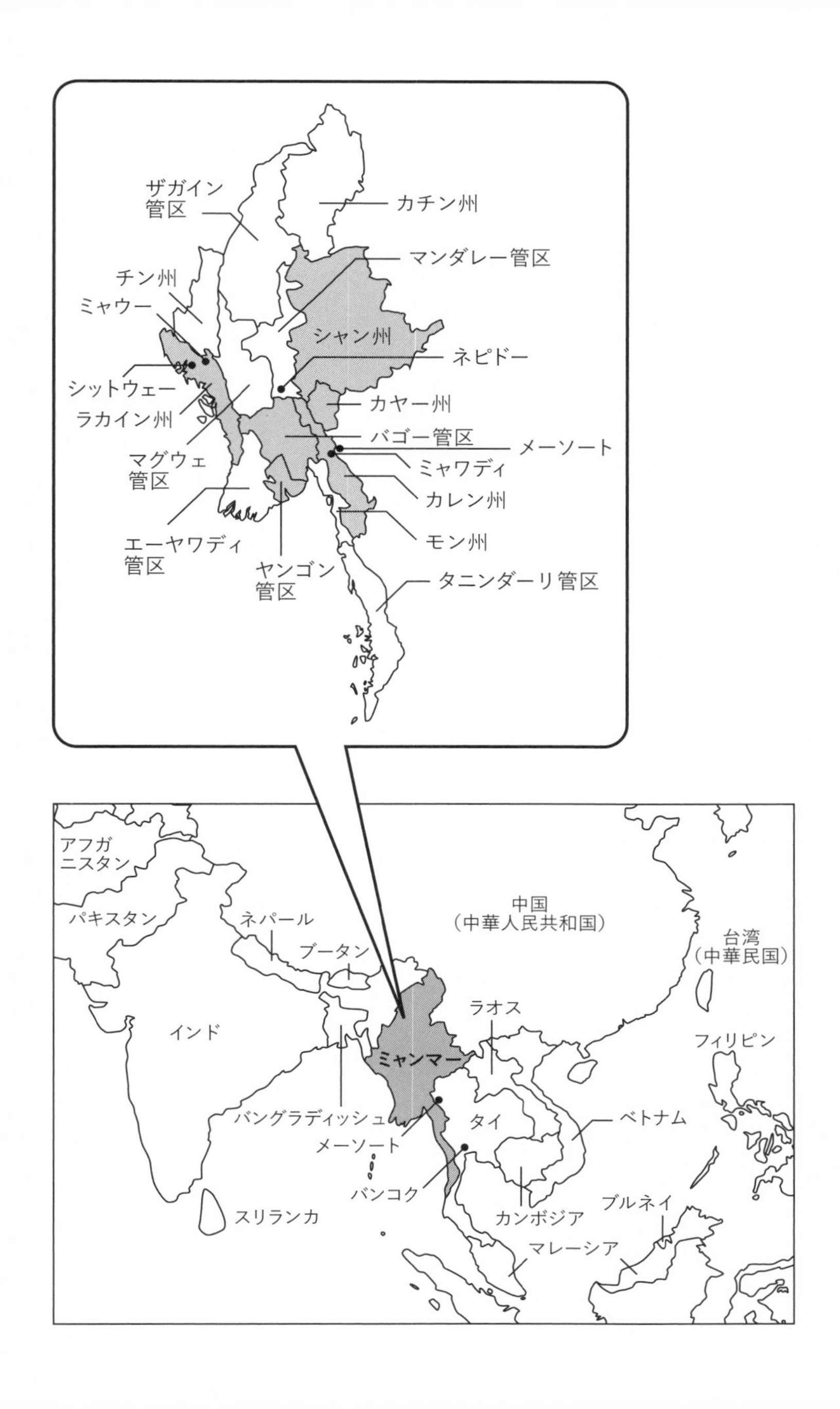

ザガイン
管区
カチン州
マンダレー管区
チン州
ミャウー
シャン州
ネピドー
シットウェー
カヤー州
ラカイン州
バゴー管区
メーソート
ミャワディ
マグウェ
管区
カレン州
モン州
エーヤワディ
管区
ヤンゴン
管区
タニンダーリ管区
アフガ
ニスタン
パキスタン
ネパール
中国
（中華人民共和国）
ブータン
台湾
（中華民国）
ラオス
インド
フィリピン
ミャンマー
バングラディッシュ
タイ
ベトナム
メーソート
バンコク
スリランカ
カンボジア
ブルネイ
マレーシア

〈著者紹介〉

緒方樹人（おがた じゅじん）

1967年神奈川県生まれ。

メディアコンサルタントとしてミャンマーで現地法人を設立。

クーデター後、ミャンマー国軍に抵抗する若者たちを支援する体験を小説化した本書でノンフィクション作家デビュー。

ヤモリの慟哭（どうこく）
〜武器（ぶき）をとるミャンマーの若者（わかもの）たち〜

2023年6月26日　第1刷発行

著　者　　緒方樹人
発行人　　久保田貴幸

発行元　　株式会社 幻冬舎メディアコンサルティング
〒151-0051　東京都渋谷区千駄ヶ谷4-9-7
電話　03-5411-6440（編集）

発売元　　株式会社 幻冬舎
〒151-0051　東京都渋谷区千駄ヶ谷4-9-7
電話　03-5411-6222（営業）

印刷・製本　中央精版印刷株式会社
装　丁　　都築陽

検印廃止

Printed in Japan
ISBN 978-4-344-94321-6 C0093
幻冬舎メディアコンサルティングＨＰ
https://www.gentosha-mc.com/